断捨離余滴《だんしゃりよてき》

一宮弘子

リトルズ

目次

幸せの尺度　―エッセイ1―
物忘れ……6
魔法の呪文……10
笑い上戸……14
還暦……17
化石の我が家……21
パイプドリーム……25
生きるとは？……28
プールが楽しい……32

田宮の天神さん……36
ハングル文字の国（1）……40
ハングル文字の国（2）……46
異国で見た阿波踊り……51
詩二編……54
血縁……56
●良き妻はこの道の先輩……小原章次 61
●人形とともに……小原伸二 73
●バングラディシュにて……横佩香織 77

日々是好日　―エッセイ2―

犬との縁……82
のんきな暮らし……90
健康のために……99
趣味のあれこれ……107
自然に感謝……114
家族をおもう……120
子どものころ……130
世界のなかで……138

あとがき　150

幸せの尺度

——エッセイ1——

物忘れ

六十歳を真近にして、夫も私も物忘れがひどくなってきた。

昨年、夫は高価な老眼鏡を二つも無くした。その上、デジタルカメラさえも。眼鏡の一つは、運良く私が柿の木の根元に埋れているのを見つけ、今は、夫の顔の上で鎮座している。

夫に劣らず、私もよく物忘れをしている。電子レンジで温めた副食を、次回の食事の時にレンジの中で見つけたり、財布兼用の大事な鞄を公民館に置き忘れたりと。

でも、考えてみると、物忘れ、忘れ物は、若い頃からかなりあった。

中でも、忘れがたいのは、二十年程前に、ニューヨーク・ワシントンに旅した時だった。

夫と二人だけの気儘な旅で、ニューヨークへの往復切符だけを購入しての旅だった。決して、私達が英語に堪能だと言うのではない。ただ、好奇心旺盛な夫婦というだけで、英

ホワイトハウスの前

語はカタコト、いやコトコトの語学力であった。

ニューヨークのマンハッタンの高層ビルに度肝を抜かれ、様々な人種の人々に目を見張り、大都会のど真ん中にあるセントラルパークの広大さに感動した。

そして、次の目的地であるワシントンDCにアムトラックの汽車で向かった時のことだ。アメリカ合衆国の首都であるワシントン市は、喧騒に満ちたニューヨークと違って、静かな整然とした街であった。キャピタル・ワシントンモニュメント・大統領官邸のホワイトハウス等が、ゆったりとした趣で建っていた。その日、汽車を降りて市内観光を少しして、ホテルにチェックインしたのだが——。

な、なんと！　私のウェストポーチが見つからないではないか！　私の全財産・パスポート・日本円・米ドル・免許証等が入っているポーチが。私の言葉に夫も、私と同じく蒼ざめた。

外国を旅行していて、命の次に大事な物は、お金ではない。パスポートである。パスポートが無いと、私が日本国籍を持っている日本人で、何の何べえだと証明出来る物が何も無い。夫が幾ら「これは私の妻の○○です」と言っても認めて貰えない。パスポートが無いと日本人として扱って貰えない。不法入国者となり、何処の国にも、出入りできなくなる。勿論、日本に帰国しても問題になる。そんな大切なパスポートが入っているポーチを無くするとは。二人して、途方に暮れた。

結局、最後は、日本大使館に電話をして、事情説明することになった。すると、館員は、警察へ行き紛失届けを出して、紛失証明を書いて貰い、写真を持ってパスポートの再発行の申請をして下さいとのこと。

私達は、近くのポリスオフィスへ行き、ボディランゲージとカタコトの英語を駆使して、何とか証明書を貰い、タクシーで写真店に行った。でも、時間が遅かったためか閉店。その日は、すごすごとホテルに帰ったのだ。

パスポートの再発行の手続きが上手くいっても、二週間位しないとパスポートは貰えないとのこと。休暇は無くなるが、そんなことを言っている場合ではない。二人は、ホテルの部屋に座り込んで、意気消沈していた。そんな時、フロントから電話が掛かってきた。何だか、要領を得ないので、階下に下りて行くと、なんと、なんと、なんと！　私のウェストポーチを届けてくれた人がいるのだ。

嘘のような話だが、それは紛れも無い事実、本当の話だった。私達がホテルに来る時に乗ったタクシーの運転手が、車に置き忘れた私のポーチをわざわざ届けてくれたのだ。なんと、親切な人なのだろう。涙、涙、涙であった。因みに、その人は、ネイティブアメリカン・インディアンの末裔であった。

異国の地で、そんな幸福にめぐり会えることが本当にあるのだ。それ以来、私は海外旅行に関して、変な自信を持っている。どんな、窮地に陥っても私は、絶対幸福な旅行をする人間なのだと。

そして、物忘れは、ノープロブレムだと。

（「随筆とくしま」第11号　平成15年）

魔法の呪文

かつて職場の同僚が俳句に関《かかわ》っているのをみて、冗談半分で興味を示すと「句を作ったら雑誌（俳誌）に載せて貰えるよ」と。「わあー凄い、雑誌に載るの？」と乗り気になったのが、俳句との出合いです。その時、それが短歌、川柳であれば、そちらへ足を踏み入れたかも。たまたまそれが俳句であった。それだけで、一も二もなく季語と十七文字の約束ごとの世界へ。

私の俳句の師、故・角野正輝先生は、弟子を自由に大らかに育てる句風で、字余り、字足らず、破調でも、かなり自由に認めてくれました。また、正輝先生の師系である故・中島斌雄先生が、正輝先生のことを「多面結晶体」と称賛した程、正輝先生の句自体、繊細でありながら大胆、骨太で、さらに感覚的であり、非常に多面的な句風でした。私が正輝先生を俳句の師と仰ぎ始めたのが三十才代の初めで、当時の句会のメンバーは、松根摩季さんを筆頭に、年上の俳句の先輩達ばかりでした。初歩の私は、分からないことだらけ。

「どうして？　なぜ？　分からない？」を連発して、正輝先生に「聞き魔」と言われる程でした。

角野正輝先生と　昭和60年（1985）頃

それから数十年経った今も、蜘蛛の糸のように細い、それも揺れながら、なんとか俳句との糸に繋っています。これはひとえに、正輝先生の大いなる薫陶のお陰と感謝しています。

近年、夫の仕事の都合で香港で暮らしていますが、俳句の身近な問題として〝季語〟につきあたりました。地球儀を回しますと、日本は北緯三十度から四十五度位の間に位置しています。地球上で四季の巡り合わせが、比較的均等になる位置にある国です。勿論、北海道から沖縄とかなり差がありますが、国全体からみますと、世界の中でも、春夏秋冬の四季が均等に近い国で、四季にめりはりがあります。俳句に於ける〝季語〟は、一口に言えば四季の季感を表す言葉です。俳句の季語は、それを提示することにより、その句の状況、背景を一言で言い表すことが可能となります。例えば「桜」と言えば、春の森羅万象のことを眼前に。「蝉」と言えば、夏日の風景をイメージし、「雪」と言えば冬の情景をと。そう言う舞台背景が〝季語〟によって日本人の頭の中に喚起、触発されます。だから、俳句は十七文字という短い言語でも、物事を表現することが可能なのです。俳句の季語は、いい意味での〝魔法の呪文〟です。

ところが、日本の外で生活しますと、日本人が共有する季感がありません。香港の春は短く、すぐ夏となり、秋かと思えば冬、そして春になります。もっと赤道直下の国、あるいは反対に極点に近い国になれば、夏ばかり、冬ばかりです。そんな所で、日本の季感を持ち込んで句は作れません。〝魔法の呪文〟の利き目はありません。ただ、俳句は日本国内で日本人だけが共有するもの、との認識であれば、季感の問題はありません。しかし、今は日本人も少なからず異国で生活し、また、世界の国々で、アメリカ、カナダ、ヨーロッパ等々でも、〝ハイク〟なる日本のポエムは作られているのが現状です。

そんなことを考えると、日本の歳時記による季語と、現地の生活に於ける〝季感〟の相違に戸惑いつつ、日本的風土の俳句に関わらざるを得ません。それと同時に、異邦人が異国語で〝ハイク〟を作る時には、文字数の問題がでてきます。ただ、異邦人が捉えている〝世界で最も短い詩型のポエム・ハイク〟を俳句と認めない。さらに、俳句は日本独自の文化で、世界への広がりなど必要でない、となれば別問題なのですが……。

そんな割り切れない疑問を持ちつつ、〝虚に居て実を行ふべし。実に居て虚にあそぶべからず〟と言う芭蕉の教えがあるんだと思い、いつまでも日本の気候風土を捨てきれないまま、私と俳句の糸は絡まっているのです。

（「随筆とくしま」第8号　平成12年）

笑い上戸

私の友人に、自他共に許す笑い上戸がいる。五十才台半ばを過ぎても、若い娘のようにころころとよく笑う。そんな彼女と話をしていると、私もつられて笑ってしまう。でも、私は笑い上戸ではない。しかし、先日、久し振りに歯の治療に行って、笑いを堪えるのに苦労した。いや、一度は止むにやまれず、噴き出してしまったのだが……。

この頃は歯の治療に行くと、痛みを無くすために、だいたい麻酔の注射をしてくれる。歯茎の麻酔がきれるまでの間の、口や顎の腫れぼったく痺れた感覚は耐えがたい。けれど、歯を削る時の治療針が神経に触れた時の、何ともいいがたい痛みに比べると、麻酔の痺れの方が遥かにましである。

その日の治療は奥歯で、左の下の歯茎に麻酔の注射をされ、左の頬は完全に痺れていた。ギューンギューンと、頭の芯まで突き抜けそうな針の振動音のわりに、全く痛みは感じられない。ほんと、麻酔はありがたいもんだなあ、と思いながら治療を受けていた。ただ、奥歯の治療なので、口は必要以上に、思いっ切り開けていないといけない。普段、口を開けっ放なしに過ごすことはないので（あたりまえだが）、結構顎がだるい。その上、治療中の痛みはないのだが、ギュルーンとうなる針の音に、筋肉がわけもなく硬直して肩に力が入る。歯の治療を受けるには、体力がいるもんだ、と思いながら、口を全開して、目を閉じて診療台に仰向いていた。

しばらくして「一度、口をすすいで下さい」との医師の指示があり、治療台を起こしてもらって、やっと口を開閉することができた。口に水を含んで、目の前の治療用の流し口に水を吐いた。麻酔が左頬半分にきいているので、どうも口が思うように動かせない。ぷうーっと吐いたつもりの水の一部が、丁度、水鉄砲で水を飛ばしたように、ピューっとあらぬ方に飛んだ。斜め前に置いてあるスチールの椅子の座席に、きれいに放物線を描いて。

あらー！ととまどったが、どうしようもない。咄嗟《とっさ》に上目使いに周りを見る。幸い、医師も衛生士も気づいていない様子である。やれやれ！今度は失敗しないようにと、口を尖らせるようにして、水をぷうーっと吐いた。あら、ら……。先ほどと同じように水は、放物線を描いて同じ所にピューと。それを目で追っていた私は、急に可笑しくなって噴き出しそうになった。でも、まさか歯の治療中に笑いだすわけにはゆかない。そこで、両手で顔を覆って、笑いを押さえようとした。水が飛んだ位いで何が可笑しいのと。そうはいっても、なぜか可笑しさがこみ上げてくる。仕方がないので、両手でしっかり顔を隠して、周りに気づかれないように、クックッと笑ってみた。やれやれ、これで大丈夫と内心思った、が……。

「どうかされましたか？」

とふいにうしろから医師の声がした。途端、私は噴き出してしまった。

「あのー、水がー、椅子に。すみません、アッハハ、アッハハ……」

ついに、声高らかに笑ってしまった。苦笑の医師と衛生士を尻り目に、私は思う存分に笑わせてもらった。

そのあと、私の笑いがおさまるのを待って、治療は再開された。でも、口を大きく開け、目を閉じて治療を受け始めると、先程の笑いが再燃して、歯をくいしばって（当然、口を開けているのですが）、笑いを堪えねばならなかった。笑っちゃいけない、笑っちゃいけない、私は断じて笑い上戸ではないのだ……。

歯の治療には体力と相まって忍耐力も必要なのかも。

（「随筆とくしま」第9号　平成13年）

還暦

水と空気と太陽の光さえあれば、草や木は生きてゆける。人間や動物のように、他の生き物の命を奪い、それらを糧として生きたりはしない。何と慎ましやかで、謙虚な生き物なのだろう。一年に一度、花を咲かせ、実を実らせ種子を作り、自分の子孫を残し続けている。草や木は、人間や動物のように、自分の足で歩いて移動することはできない。でも、風や流れる水に自分の種を預け、繁殖の範囲を広げている。

木の中には、私たち人間には想像も出来ないほど長い年月、数百年・千年も同じ地、場所に留まり、生き続けているのもある。

そして、人間や動物の一生、生き様を数百年も、いや千年も高みからじっと見続けている。なんと、おおらかで、強靭な生き物なのだろう。

降りだした雨に打たれている、桃畑の桃の花を見ながら、ぼんやり私はそんなことを考えていた。

私はつい一ヵ月前、六十歳になったばかり。今まで、他人ごとのように思っていた還暦を迎え、かなりショックを受けている。

若い頃「還暦」という文字は、ずいぶんと年寄りになった人を指す言葉だと思っていた。いざ自分がその言葉の当事者になってみると、全く違う。年寄りという気がしない。少なくとも、五十歳代の気分なのだ。私は年寄りのはずがないと、かなり腹立たしい気がする。

しかし、確かに物忘れは多くなった。今しがた読んでいた書き付けや、使っていたばかりのボールペンやハサミが、いつの間にか何処かに紛れ込んで探しまわっている羽目になっている。親しかった人の名が、どうしても口からでてこない。唐突に、リアルに、私は呆けてきたのかしらと思うことがある。

鏡に顔を写してみると、若かった頃の輝くような表情は消えうせ、皺が増え、当然、頭は白髪にまみれている。間違いなく、老いている。体力もしかり。それなのに、自分自身が老いたと認めたくない。それが今の私の気持ちなのだが。どんなに意地をはっても、老いを認めざるを得ない。その現実が、私を憂鬱にしているのだ。

還暦。六十年で干支が一回りして、生まれたときの干支に帰ると物の書には記されている。でも、還暦を迎えたからといって、人間を止めるわけにはいかない。多分、まだ十年や十五年は生き続けるだろう。生き続ける限り、これからもまだ、波乱万丈の渦の真っ只中に立たされたり、巻き込まれたりすることにもなるだろう。

そんな風に考えてみると、生まれた干支に返り、新たに生まれ変わった気持ちでこれから生きてゆく。それが還暦という人生の句読点に立たされる意味、ではないのだろうかと思えてきた。単に、老いた人になるのではなく、これからもう一度、別の新しい人生の出発点に立つ、と考えればいいのではないか。

生まれたばかりの赤ん坊は、確かに純真で穢れがない。紛れなく、真新しい人生のスタートをきるのだ。しかし、還暦を迎えてのスタートは、人の世の垢にまみれきっている。でも、考えようで、六十年間生きてきた、経験と知恵がある。それを土台にして、新しい人生のスタートをきればいいのではないか。

そんな風に考えてみると、還暦という言葉が、ちょっと明るく輝いて見えてきた。単に、老いた、というのではないという気がする。

できることなら、これから先、水や空気や太陽の光さえあれば生きてゆける、草や木のように、おおらかで、慎ましやかな生きかたが出来ればと思う。

急に西の空から日が射してきて、桃畑の桃の花が、明るく日の光に浮き上がって見えてきた。

（「随筆とくしま」第12号　平成16年）

化石の我が家

我が家の居間では、三葉虫、アンモナイト、亀、魚、羊歯、木の化石等、四百点余の化石が、ケースに入れられ鎮座している。

これらは、夫が仕事の関係で、中国の深圳市で七年間働いていた間に、深圳市、昆明、貴州、貴陽、北京、香港等で購入した趣味の産物である。

帰国後、沢山の化石を目の前にして、思い立ったのが化石の店であった。三年ほど前に小さな家の小さな居間を改造して、自宅ショップを開くことにした。しかし、店といっても、並べてあるのがかなり特殊なものなので、客はあまりこない。「化石」とは、生きとし生きてきたものの死骸が、石と置き換わったものである。はっきり言って「石ころ」以外の何物でもない。そんな訳で、興味のある人は少ない。まあ、開店休業のような店である。

そんな居間に並んでいる化石は、六億年位前の藻類、四億年前の三葉虫。アンモナイト

ラサ化石店　弟夫婦（小原章次・京子）　平成16年（2004）

は、二億年位前である。その後、恐竜の時代を経て、哺乳類となり、私達人類の祖先が現れたのは、約二百万年前である。地球が誕生したのは、約四六億年前で、そんな地球の歴史からみると、人類の歴史は、小さな点にすぎない。しかし、そんな人類が、長い地球の歴史の中でつくり上げてきた地球の富を、好き勝手に使っている。それも、たった二〇〇年、いや一〇〇年位の間にである。

今、人類の手によって、地球の自然環境が破壊され、汚染されてきている。その結果、オゾン層も少しずつ破壊されてきた。

オゾン層は、地球の周りを覆っていて、太陽からの強烈な紫外線を遮断する役目を果たしている。紫外線が直接地球に降り注がないように、守ってくれているのだ。もし、オゾン層がなく、直接太陽の紫外線が地上に注がれると、地球上の生物は、紫外線に晒されて生きてゆけなくなる。草も木も動物も、当然人類も同じである。

約二〇億年位前から、海の中で藻類の繁栄が始まった。そして、その藻類が光合成を繰り返し、何億年という長い時間を費やして、沢山の酸素を作りだし、その蓄積によって地球を取巻くオゾン層が形成された。オゾン層が形成され、紫外線が直接地上に注がれなくなり、陸上で生物が生きてゆける環境が整ってきた。それで、水中植物の藻類は少しずつ進化しながら海から淡水層へ、そして地上へと進出して、草や木に進化していったのだ。

それに伴い、植物を食料とする海中の動物類も進化しつつ、両生類、爬虫類、哺乳類となり、海から淡水へ、地上へと進出することとなり、人類の祖先も地球上に産まれ出てきたのである。

しかし、今、人類の手による、地球の自然環境の破壊、汚染でオゾン層が壊されつつある。南極・北極のオゾン層に穴が開いているのだ。それがさらに広がり、地球を取巻くオゾン層が無くなってしまうと、どうなるのであろう。地球上の生物は、生きてゆけるのだろうか？

厭世的に考えれば、地球の生きとして生きてるものは、滅んでゆくであろう。でも、半面、楽天的に考えてみれば、知恵のある私達人類は、今までにない進化？をしつつ、海に返るのでないだろうか。二百万年前の姿に戻るのではなく、新たな進化を繰り返しつつ、新たな生命体として。

進化するのだから、どのようにでもなりうる。魚のように鰓で呼吸したり、人魚のような姿かたちになったり、或いは、深海の中に未来都市を建設したり——。

めったに客の来ない自宅ショップの化石に囲まれて

「蝶もわたしも化石になってうらうらら」

そんな一句を、したためている私。

（「随筆とくしま」第13号　平成17年）

パイプドリーム

還暦を迎えた年に、自分は何がしたいのだろうかと考えてみた。とりあえず、英語の勉強を始めてみようと思った。田舎の普通の小母さんが、英語を流暢に操る、これって、すごく格好いいなあと思えた。

ガチガチに固まった脳みそを叩きながら、英語の単語を覚える努力をし始めた。百回以上書いたり、読んだりしてもなかなか覚えられない。覚えたかなと思っても、翌日には、すっかり頭の中から消えている。辞書で一度引いた単語には、赤いボールペンでアンダーラインを引くことにしている。それで、分からない単語が出てきたので辞書を調べると、その単語にはすでに赤いラインが記されている。しかし、その単語には全く見覚えがない。記憶にない。でも、すでに赤い線が引いてあるのだから、一度調べているようである。何も覚えていないのだから、ようであるとしか言いようがない。

まあ、考えてみれば、今日は何曜日か、昨日の夕食に何を食べたかを思い出すのに苦労する齢なのだから。それも、無理もないことなのかも。

でも、せっかく勉強する気になっているのだからと机に向かい、集中する努力をする。が、一向に集中できない。ボールペンを指でくるくる回しながら、他のことを考えてしまう。英和辞典、和英辞典、なんと辞書は便利な物なのだろう。ところで、辞書って一体いつ頃に出来たものなのだろう。

パソコンを開けて、インターネットで調べることにした。そもそも辞書の誕生は、世界最古の文明といわれているメソポタミア地方で、紀元前二三〇〇年頃に遡ると記されている。シュメール人を征服したアッカド人が、征服したシュメール人の高度な文化を吸収しようとして、その言語の翻訳を試みたのが辞書の始まりであると。最初の辞書は、一言語辞書ではなく、二言語間の単語リストで、翻訳用であったとのこと。

へ〜、すごい。紀元前二千年も前から辞書があったなんて。辞書を作った人ってどんな人なのだろう。辞書を作るのには、大変な努力がいったことだろうに。英単語の十や二十を覚えるのとは訳が違う。

そして、さらに、言語って世界中で、一体どのくらいの数があるのだろうというのが気になった。ラテン語、ドイツ語、フランス語、スペイン語、ポルトガル語等。そして、縦棒、横棒、〇印を組み合わせたような、韓国のハングル語。漢字とひらがな交じりの日本語からみると、漢字ばかりで仰々しく感じられる中国語。フニャ、フニャと、何処が区切り点かわからないようなアラビア語等。

世界には二百ぐらいの国があるはずだから、単純に一つの国に一つの言語とすると、世界の言語の数は、二百ぐらいかなあなどと思い、試しに、またインターネットで調べてみた。えー、三千~五千等とべらぼうな数字のデーターもある。話し半分、三分の一にしても、世界中には膨大な数の言語があることになる。いや~、すごい数である。

私は、たった一つの言語、英語の勉強にこんなに苦労しているのに。世の中には、数ヶ国語を話せる人がいるという。一体、その人の頭の中はどうなっているのだろう。いや、脳の中身はどうなってるのだろう。脳のことを、脳そのことを、インターネットで調べてみようか。

そんな調子だから、英語の勉強は一向に進まない。田舎の普通の小母さんが、英語を上手に操る。それは、英語では、パイプドリームという。「アヘンの吸入から生じる空想」からの言葉で、空想的な考え、計画、希望と記されている。正に私には、パイプドリーム、全く不可脳なことなのかも。

（「随筆とくしま」第15号　平成19年）

生きるとは？

生きるとは、生かされているとは、どういうことなのだろう。

車椅子に傾いて座っていた母のことを思うと、不覚にも涙が出てきた。ルームミラーを覗くと、後方に車が連なっている。私はブレーキを踏んで、堤防の拡幅部分の道の端に車を止めて、後方の車をやり過ごした。年甲斐もなく、また涙が溢れてきた。一人なので誰の目を憚ることもない。

久し振りに実家へ、母の様子を見に行った。丁度、ショートステイ先から母は帰ったところだった。玄関を入る車椅子の母は、鼻の周を打撲したらしく紫色に腫らしている。そして、生気のない、空ろな表情で、傾いて車椅子に座っていた。ショートステイ先の職員が、兄嫁に、ベッドの手すりに顔を打ち付けたのですが、巡回の医師は、心配ありません、と言っていましたと説明していた。余り痛がりもしませんとも付け足して帰っていった。

母は今年、九十三歳になる。十年余り前から認知症が始まり、斑呆けから徐々に症状が悪くなり、今では、家族も大体認識しなくなってきていた。
しかし、一年位前までは認知症ながらも、自分の足で歩き、自分でなんとか風呂に入り、長兄夫婦と孫夫婦と内孫三人の大家族の一員として、日常生活を送っていた。

甥・小原伸二、母・栄、兄嫁・ツネ子
甥の長男・弘之、次男・和之、長女・春菜

けれど、一年ほど前に、酷い便秘が原因で、近くの医院に入院する破目に陥った。そこで、尿管を着けられ、点滴の生活を余儀なくされた結果、さらに認知症が酷くなってきた。二、三週間、ベッドに縛りつけられたような生活で、食欲がなくなり、足も弱くなり、ついには歩行が出来なくなってしまった。

その医院で三ヶ月間、二十四時間体制で、家族、兄弟、姉妹が交代で、母に付き添うようになった。しかし、最後は結局、同居している兄夫婦に、経済的にも、精神的にも、肉体的にも大きな負担をかけることになった。

そして、入院生活三ヶ月後、兄夫婦は、母を自宅介護をしながら、ショートステイに預ける生活に切り替えた。ショートステイの三日半の間、家族は心身ともリフレッシュし、ゆとりを持って、一週間の半分の自宅介護ができるようなった。でも、母はすっかり歩けなくなり、車椅子の生活を余儀なくされた。もし、入院の時、尿管、点滴を早くに外し、歩行の努力をしていれば歩けたのではと、後になって悔やまれてならない。

自宅では、畳、フローリングの生活で、母は車椅子から降りて、座ったり、腕を上手に使って、自分で身体を移動したりして、勝手気ままに、自由に動くことが出来た。

しかし、ショートステイ先は、ベッドなので、時折ベッドから落ちたり、今回のように、ベッドの手すりに顔を打ち付けたりのアクシデントに見舞われた。畳か、フローリングのショートステイ先があればと思うのだが。

「すみませんね。有難うございます。」

「イターイ、何をするんで！」「気をつけて帰りなよ、また来てな」「危ないでよ！」

認知症の母は、機嫌の良い時、悪い時、と斑があり、時には、不機嫌に、時には、正常な顔、目付きで、感謝の言葉を周りに投げかけた。ふと、こちらのことを見通している、

父・小原繁年と母・栄　昭和60年（1985）頃　立山～室堂

かのように感じさせられる時もある。

そんな母の、若い頃のきりりとした姿を思い出すと、ふと悲しくなる。今日のように、生気の無い、空ろな母を見ていると、また、悲しくなる。ショートステイ先で、事故もなく過ごしているのだろうかと考えると、これもまた、悲しくなる。

母にとって、生きるとは、生かされているとは、認知症の母の思考回路の中では、どのように位置づけされているのだろうか。

そんな風に母のことを考えたり、母に何もしてあげられない自分を思うと、また不覚にも、涙が溢れて止まらなくなった。生きるとは、生かされているとは、何なのだろう？


（「随筆とくしま」第14号　平成18年）

プールが楽しい

ゴボゴボゴボ、ゴボゴボゴボ、プワ～！

「引いて、開いて、蹴～る。引いて、開いて、蹴～る」コーチの声を水の中で聞きながら、一生懸命に足を動かし、蛙キックの練習だ。

「ビート板を前にして、息継ぎをしながら、キックをして下さ～い」コーチが言うようには、上手くできない。途中、何度も立ち上がってプワ～、プワ～、と水から顔を上げて息を吸い込む。目下、平泳ぎの練習中である。

昨年、町の社会福祉協議会でシニアを対象に「プールで歩こう」という町の事業が広報に載った。無駄な脂肪が付き、血糖値が糖尿病のボーダライン近くになって、運動不足だと医師から指摘された矢先だったので、思い切ってそれに参加する事にした。六十歳を過ぎて生まれて初めてのプールだった。私は戦中派で、小中高とプールが無い時代で、プールで泳ぐ等と言う事はなかったのだ。その上、子供がいないので、子供や孫に付き添ってプールへ行くという事もなく、泳ぎには全く縁のない人生であった。勿論、泳げない、俗に言う金槌である。

五月に始まった「プールで歩こう」の初日は、ドキドキした。ゴボゴボ、ゴボゴボゴボ、と言う水中での感覚と、耳に水が入ったらいやだなあ〜、水の中では眼が開けられん〜！と、恐々の参加であった。

プールで歩くのは、月に二回であったが、水中散歩をしていると、何だか泳ぎたくなってきた。何でも良いから、泳げるようになれないだろうかと思うようになった。でも、プールで歩くだけでは、いっこうに泳げそうにない。そこで意を決して、二ヵ月後、スイミングスクールに入会する事にした。

最初は水から顔を出して、ン〜パ、ン〜パと息を吐いて吸う練習から始まった。その後「思いっきり息を吸って、肩の力を抜いて真っ直ぐ手足を伸ばして〜」のコーチの指示に従って、耳栓をしてゴーグルを付けて、水に顔を浸ける練習になった。意外や意外、身体が水に浮くではないか。ゴーグルを付けているので、目を開けて水の中の様子を窺う事ができた。室内プールではあるが、窓からの陽の光りが水中で屈折しながら、明るく青いプールの底を照らしだしている。透明に澄んだ水に身体を浮かべ、ゆらゆら水と揺れていると、ふわふわ空中に漂っているような錯覚を覚える。生まれて初めての、不可思議な感覚、浮遊感であった。

泳ぎの練習の初めは、ン～パ、ン～パと息を吐いて吸う事から、そして、真っ直ぐ手足を伸ばして水中に身体を浮かせた後、水の中で溺れないように立ち上がる事であった。その後、ビート板を使ってのバタ足の練習で「泳ぐ」には程遠い数週間であった。何度も、何度も、立ち上がれずプールの底に沈み込んで、水を飲んで溺れそうになった。プールで溺れるとは、こう言う事なのだと変に感激する。

そして、ビート板を強く腕で掴み過ぎて、右腕を痛めながらも、クロールの息継ぎを覚え、ぎこちないながらも二十五メートル、クロールを泳げるようになった時の嬉しさは何とも言えなかった。六十歳を過ぎて、泳げるようになるとは夢にも思わなかった。人生捨てたものではないなあ～と感動する。

年が明けてからは、平泳ぎの練習である。「引いて、開いて、蹴～る。引いて、開いて、蹴～る」の平泳ぎは、たおやかで優雅で「水中を遊泳する」と言う言葉がピッタリのような気がする。熟練者のように、優雅に泳ぐのは並大抵ではないが、不細工でもいい。平泳ぎはぜひ覚えたい。クロール、背泳ぎ、平泳ぎもまだだが、水中で漂い、泳げる事が嬉しくてたまらないのだ。プールへ行くのが楽しくて仕方がない。一年前には、まさかそんなにプールが楽しくなるとは、夢にも思わなかった事で、自分自身驚いているのだ。

（「随筆とくしま」第16号　平成20年）

田宮の天神さん

昭和二十年代、徳島市の中吉野町の吉野橋から島田石橋の間を田宮街道と呼んでいた。昭和十九年に私は北田宮にある田宮天神社の前で生まれ育った。その天神社は西暦九〇一年、菅原道真公が九州へ左遷された途中阿波に寄り、この神社で半年間儒学等を教え寺子屋を開いたと言う。菅原道真を祭神とし、京都の北野天満宮、太宰府天満宮についでの田宮天神社だ。又、明治初めに作られた千松小学校の発祥の地でもある。由緒ある神社だが近隣の者は親しく「田宮の天神さん」と呼んでいた。

私が小学生だった昭和二十年代、田宮街道は畑や田圃に囲まれていた。今その道は拡張されて鴨島迄続くバイパスとなり、大きな量販店が並んでいる。かつての田宮街道は、家は疎らで長閑だった。その頃、子供達の遊び場は樹々が鬱蒼と茂った森の鎮守の田宮の天神さんだった。学校から帰ると子供達は天神さんへ走って行った。どこの家も子沢山で、貧しかったが遊び相手は沢山いて楽しかった。鬼ごっこ、缶蹴り、ゴム紐飛び等々、自分達で遊びを工夫した。幼い子は「あぶら子」と称して厳しい決まりから外されるルールがあった。「お前等はあぶら子やけんな」と言って小さな妹も弟も皆仲間に入れて一緒に遊んだ。夕暮れになって父母等が迎えに来る頃、最後に缶蹴りの鬼になっている子は、いつも同じ子であった。

夏は夕飯の後も、天神さんで度胸試しのような遊びをした。入り口の鳥居から奥の神殿の前の鳥居まで約百メートル位。真っ暗な境内で花火を翳しながら、走れる所まで全力疾走して、花火が消えて真っ暗闇になると歓声をあげながら入り口の鳥居に駆け戻った。

そして、夏祭りには相撲大会があり、秋祭りには色々の神輿が出て、境内には屋台店が三十近く出て賑やかだった。宵宮には小屋が立ち浪曲師がきて賑やかだった。祭りの次の日、朝早く天神さんに行って、小銭が落ちていないかと探すのが楽しみだった。

父は、家具職人で自宅に仕事場があり兄と次兄が父の後を継ぎ家具職人になった。家のすぐ前の天神さんの玉垣が家具の材料の木の干場だった。木を毎朝玉垣に挟んで夕方軒下に取り込むのが小学生の姉や私の役目だった。遊んでいても雨が降ると遊び仲間と一緒に走って帰り、木を取り込んでいた。神社を管理していた宮司さんは優しく、玉垣に木を干したいとお願いすると快く了解して下さったと父は言っていた。今では考えられない事だ。終戦後間もなく、国中が疲弊して貧しかった時代。でも、人々は穏やかで、皆優しかった良き時代だった。

先達て「神社仏閣近くで育つと幸せを感じやすい」との興味深いニュースがあった。大阪大学の大竹文雄教授の研究チームが纏めたものだ。我が家は子供に恵まれず老夫婦二人の暮らしだ。孫のいない暮らしは寂しい。でも一昨年、野良犬の仔犬イチとハチの二匹を保護して共に暮らしている。七十歳を過ぎて犬を飼うのには躊躇した。しかし、仔犬を放り出すわけにいかず、止むにやまれず飼いだした。今も里子に出すべきかと悶々としている。反面、二匹を守り育てることが生きがいにもなっている。早朝の彼等との散歩、夫と諍った後の愚痴の聞き役。彼等に話しかける時はつい鼻歌になっている。何かにつけて話題はイチとハチの事になり、夫と私の会話は自然に増えた。

思うに、幸せの尺度は人それぞれに異なる。そして、幸せの中にいる時は、幸せを感じていないらしい。振り返ってみて初めてあの頃は「幸せ」だったのだと感じるとの事。今の穏やかな暮らしの幸せに感謝しつつ、一日一日を恙無く暮らしたいと思う。細やかな年金暮らしで子も孫もいないが、取りあえず自分の事は自分達で出来ている。申し分ない暮らしだ。この幸せがいつまで続くかわからないが先の事を思い煩うのは止めよう。田宮の天神さんで育てて貰った幸せ感覚を、大切にしたいと思う日々である。

（「文芸とくしま」第16号　平成31年）

ハングル文字の国（1）

「ええな、車には気をつけるんやで。ボーッとせんと、早よう走れ！」丸印や、縦棒、横棒を思い々々に組み合わせた、記号のような文字の看板が満ち溢れている。そんなハングル文字の国、韓国で、道路をわたる時の家人の口癖である。

近くて遠い国、韓国は、日本に一番近い外国である。住んでいる人の顔かたち、風貌は日本人と瓜二つである。しかし、言葉やものの考え方、価値観は、全くの異文化である。

私が見てきた町は、ソウル、釜山、馬山、昌原と、ごく一部の町と少しの文化でしかないが、私達とは全く異なった文化に、おおいに興味をそそられた。

タクシー、バス、それに自家用車も含め、この国では、車がけたたましく音を撒きちらして走っている。どの車も、クラクションを叩き鳴らしながら走っている。

夕方のラッシュ時の釜山の町で、市内バスが二台、三台と並走しているさまは、迫力に満ち溢れている。夕日を背に受け、スピードを出して、数台が横に一列に並んで疾走している光景は、さながら、テレビ映画の「西部警察」の一場面のように迫力満点である。大きな町釜山、また、地方都市昌原でも同じであるが、市内バスの運転は荒っぽい。吊り皮にしがみついても、足はしっかり踏んばっていないといけない。バスは、曲り角で減速しないままハンドルを切る。曲がり角を曲がるたびに身体がよじれる。吊り皮に手の届かない子供は、見ず知らずの乗客の腰のベルトに、ちゃっかりしがみついたり、老人達は、混み合う車内で床に座り込んでいたりする。

それでも、乗っている人はみんな平然として、曲り角で身体がよじれても、車体がパンパン躍り上がっても、一向に気にしていない。おおらかそのものである。

バスの料金は、普通一五〇ウォン（三十円余り）で、ちょっぴり走り方のおとなしい座席バスが四〇〇ウォン（八十円）と安い。地下鉄も一ゾーン一七〇ウォン、タクシーも、正当な価格で乗れれば安い料金である。

タクシーの乗り方、これがまた難かしい。この国では、都合によっては相い乗りのシステムがある。日本では、乗客が乗っているタクシーは、手をあげても見向きもしない。でもこの国では、人が乗っていても、運転手の心ひとつで車は止まる。乗りたい人が、窓から大きな声で行き先をのべ、その車と方角が同じであれば、運転手は先客に何の断りもせず相い客を乗せる。そして、近い客から降ろしてゆく。

料金システムが、どうもわからない。途中から乗った時、すでにメーターは幾らかの金額を表示している。逆に先客は回り道をされ、時間も余分にかかる。でも、客達はそれなりにお金を払って、こともなくスムーズに収まっている。理解できない生活習慣である。合理的といえば合理的ではある。

日本では、乗車拒否については不道徳感が伴うが、この国ではあたり前である。雨が降って、大きな荷物を抱えていても、背中に幼児をおぶっている母親が頼んでも、運転手の気にそまないとタクシーには乗れない場合が多い。運転手の行きたい方角でないと、乗客を乗せないのだ。

初めてのソウルで独りの時、行き交うタクシーが一台、ようやく止まってくれた。大きな鞄を先に入れ、シートに座ってホッとした。行き先の地図を拡げ、ホテルの名前を叫んだが、運転手は降りてくれという仕草である。うらめしげな私を残して、タクシーは素早く走り去った。ホテルとは、正反対の方角に向っていた車だったのである。

そんなことがあったので、私は家人と一緒の時か、余程でないとタクシーには乗らないことにした。ひたすらバスの行き先番号を覚え、かの「西部警察」の迫力満点のバスに乗るのである。

韓国の人口は四〇〇〇万人余りで、ソウルに一二〇〇万人、釜山に四〇〇万人と、人口は都市に集中している。ソウル、釜山の地下鉄は新しく、地下街も美しく維持されている。街並みも、表通り、ビル街は近代的である。ショーウインドはぴかぴかに磨かれ、店内の売り子もスマートであか抜けている。しかし、本当の庶民の生活の姿は、裏通りにあるように思う。

ソウルの南大門市場に一歩足を踏み入れると、アルファベットやカナ文字をひっくり返して組み合わせたような、ハングル文字の看板が満ち溢れている。行き交う人々の顔、姿は、日本人と同じようであるが、店先から呼びかける言葉は、紛れもなく異国語である。時折り、カタカナの日本語で「ヤスイデスヨ、カイマセンカ」と話しかけられる。

狭い店内には色鮮やかな衣類が、家の内壁が見えないほどぎっしり並べられてある。衣類を拡げた床面は一段高くなっており、その上で、片膝をたてて座ったアジュマ（おばさん）が、大声で客とやり取りをしている。そんな店が、延々と軒を連らね、店の前のちょっとした空間や道路にも、リヤカーに衣類を山積みにした移動店が、ところ狭しと並んでいる。

夫・一宮宗武と弟・小原章次　平成3年（1991）　釜山にて

そんな衣類の店並みを通り過ぎると、野菜、果物、乾物等、食糧品の並んでいる店が続く。この国では、品物を山のように盛りあげて飾るのが好きなようである。果物、野菜、トウガラシ、米さえも、ピラミッドのように鋭く高く、盛りあげて並べている。魚も、貝も、下に丸いこんもりとしたプラスチックの台を置いて、いかにも、高く見せるように盛りあげてある。こんなところが「拡大志向の国民」といわれる所以のひとつなのだろうか。

魚屋の店先では、タライの中で、どじょうや亀が元気に動きまわっている。肉屋には、丸ゆでの鶏が山積みにされ、店の前に、豚の頭の丸ゆでが十、二十と、整然と並べられている。祝いの時に使うものとのことだが、見なれない私にはかなり不気味な光景である。

それから、食堂、屋台など食べ物の店が並ぶ路地。この国には、トウフ、みそ、しょう油、のり等、味は異なるが、日本と同じものがある。狭い路地に並ぶ屋台の店も魅力的である。おでん、韓国風お好み焼、のり巻き、うどん、エビ・イカ等の揚げもの、ドーナツ・パンの屋台と、夕暮れの街でにぎやかに語らいながら食べている若い男女の群れ。

南大門市場は、活気に満ち溢れ、エネルギッシュである。昭和三十年代後半、四十年代にかけての、日本の高度成長期の時代を思い浮かべるような風景である。懐かしい、以前の日本の街のような気がする。

そんな裏通りの街を歩いていると、しみじみと、ここは異国なんだという思いにかられた。

どじょう跳ねプラスチックだ異国語だ
ハングルの文字は記号だ韮の花

ハングル文字の国（2）

釜山の大庁公園の下にある、愛隣ユース・ホステルに、夏の或る日一泊した。同室者は、オーストラリアとイギリスのうら若い女性と、私の三人。三段ベッドが二列に並んだ六人用の室で、下段のベッドに座り込んで、ボディランゲージをまじえての会話であった。

彼女等の一人は、スイカが安かったからと言って、大きなスイカをテーブルに置き、ナイフで切り取って半分近く食べ終っていた。もう一人は、ダイエット中だからジュースを飲まないようにと、一リットルのプラスチックの容器に、ミネラルウォターを入れて持ち歩いていた。スイカを抱え、ミネラルウォーターを携えての旅は、ちょっと日本人にはない旅の感覚である。

ハングル文字の国は日本と同じように、「箸」を使う食文化を持っている。しかし、日本と異るのは、食器を手で持ち上げてはいけないこと。顔を、食器の方に近づけて物を食べる。私は子供の頃、お茶碗を手に持たずにご飯を食べていると、親に叱られたものだが、ハングル文字の国では、食器を持ち上げて食べるのは、行儀作法が悪いのである。日本とは、正反対の習慣である。

初めてこの国で、ムルネンミョン（冷たい汁に麺が入っている冷麺）を食べた時は驚ろいた。店員さんが注文の品をテーブルに置くと、いきなり裁ちバサミのような、黒い大きなハサミで、どんぶりの中の麺をバシャバシャと切った。ネンミョンが長くて、こしがあって食べずらいので、サービスで切ってくれるのだ。大きなハサミは、プルコギ（焼肉）の時も登場する。目の前で肉をジュー、ジュー焼きながら、大きなハサミで肉を切ってくれる。味つけのりも、チョキチョキと切る。料理用のハサミなのだから、包丁と同じ感覚なのだろうが、慣れるまではちょっと気持ちが悪かった。

恥ずかしいことだが、私は最近まで、ハングル文字の国の歴史をよく知らなかったが、この頃、少しこの国のことを知るようになった。

百済、飛鳥の文化、元寇、倭寇の昔から、日本に一番身近な異国なのだ。しかも、この国の人の顔、姿、型は、本当に日本人とよく似ている。一説では、中国南方の騎馬民族が、韓国人となり日本人となったとさえ言われている。しかし、食文化ひとつを取っても、日本人とは正反対と言えるほど文化に隔たりがある。

ソウルの国立中央博物館は、石造りの重厚な建物で、もともと朝鮮総督府として竣工された建物だ。そこには、この国の歴史を物語る、古代からの土器、青銅器、百済・新羅の文化品、仏像等、十万点に余る文化遺産が飾られている。その中でも、この国の焼き物の逸品が素晴らしい。素朴なものから少しずつ模様入りの複雑精巧なデザインになってゆく、気品に満ちた高麗の青磁。白木蓮のような温みのある白一色から、趣向を凝らしてゆく白磁。膨大な数の陶磁器類が、時代を追って飾られている。

それらに交じって、十五、六世紀へと、日本の焼き物も陳列されていた。異国に飾られている日本の茶器、壺は、デザイン・模様も洗練され、素晴らしいと感激した。異国へ旅すると、日々の暮らしでは余り感じない、日本への思いが強くなる。不思議である。

でも、日本の焼き物が十五、六世紀頃、急に新しい技術を取り入れられたのは、秀吉の軍がこの国へ侵入し、腕の良い陶工を沢山日本へ連れて帰ったためにもたらされたものである。

釜山市内の街の小高い丘に、市民の憩いの場の竜頭山公園がある。木蔭のベンチで白装束の老人が囲碁を打っており、二、三人の男が佇って覗き込んでいる。カメラをもった若い夫婦が子供を写し、子供達はにぎやかに走りまわっている。穏やかな、平和な光景である。この公園からは、釜山の街が一望に見渡せ、眼下に釜山港が見下ろせる。晴れた日には、対馬が遠くに霞んで見えるともいわれている。この公園の一角に、秀吉の軍を亀甲船で二度に亘って追い払った海将・李舜臣の銅像が、海に向かって足を踏んばり、日本の方角をぐっと睨みつけて立っている。

この国には、いたる所に日本と関わりのあった土地、建物がある。名所、旧跡、寺院のパンフレットに、秀吉軍の侵入によって焼き払われたものを復元とか、日帝時代に壊されたもの等の言葉が出てくる。そんな風に表現されているのを見ると、どこか後ろめたい気持ちになる。

それと同時に、屋根に瓦を使った家に住み、米を食べ、箸を使い、履き物をぬいで家に入る等、非常に良く似た生活様式を持つこの国の人々と、もっと、もっと理解しあわなければいけないのではないかと強く感じる。

家人が働いているこの国の会社の若者が日本へ出張した折、地下鉄で道を尋ねたら、わざわざ目的地まで同行してくれたとか、日本人がみんな親切であったこと等、日本に好印象を持って帰国した話を聞くと、本当にうれしくなる。できることなら、もっと日本の良さを日本人の良さを知って貰いたいと思う。

いま世界は、湾岸戦争で揺れ動いている。民族の、宗教の、そして文化の違いによる諍いなのだろう。しかし人間も、自然界で生かされている一生物でしかないことを、肝にめいじなければいけないのではないだろうか。

同じ顔同じ服着て白木槿　　葛

国境ひたすら揺れている蛍　　〃

（俳誌「麦」）

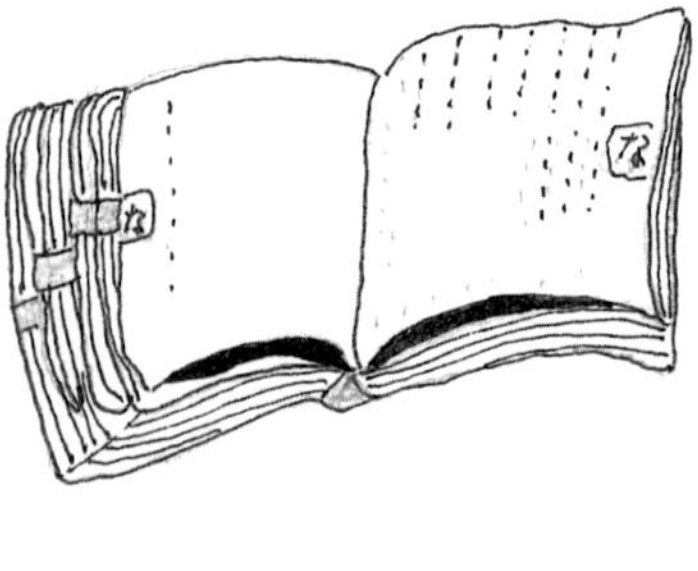

異国で見た阿波踊り

徳島に生まれ育った私には、阿波踊りは生活の一部分であって、取り立てて感激したり、誇りに思ったりするものではなかった。しかし、生まれて初めて異国で見た阿波踊りは、故郷徳島を誇らしく思わせるものだった。

一九九五年から、夫が中国の経済特別区の深圳市で勤務することになり、私も香港で暮らしていた。超高層ビルが建ち並び、世界中のブランド品が売られている数々の店舗、観光とフリーポートの街香港は、正に大都会であった。五十歳を過ぎた徳島の田舎の小母さんには、全てが珍しく、正に、お伽話の国で暮らしているようであった。勿論、現地の言葉の広東語は全く分からず、英語もカタコト状態で、失敗や苦労は多々あった。

そんな折に、阿波踊りを目にする機会に恵まれた。一九九六年の秋のことだった。今は撤退して無くなっているが、その頃、ヤオハングループが香港の新界の沙田で、大きなスーパーマーケットを経営していた。その近くに住んでいたので、日本の食材を求め、いつもそのスーパーに買い物に出かけていた。

或る日、買い物に行くと、スーパーが入っているショッピングモールのホールに、沢山の人が集まっていた。そのホールは、一階、二階、三階が吹き抜けになっていて、周りに沢山の人が群がっている。何気なく覗くと、なんと、なんと、阿波踊りの演舞場が設けられているではないか。「しあわせランド四国」と大きく表示された日本語の広告サインがあり、その左右に、懐かしい日本の提灯が四十か五十飾られていた。赤い絨毯が敷かれたホールに鳥追い傘を被り、下駄を履いた着物姿の女の踊り子がいる。そして足袋を履き、頭に手拭を巻きつけ、着物の裾を絡げた男踊りの人がいる。総勢二十人余りの艶やかな着物姿の人々を見て、私の胸は高鳴った。やがて、懐かしい阿波踊りのお囃子とよしこのが鳴り響いた。三味線と横笛と鐘と小太鼓の音がリズミカルに、シャカシャカ、シャカシャカ。ヨルヒル、ヨルヒル、ドドイコドンと鳴り響いてきた。とりわけ、大太鼓の音がずしんと腹に響き渡ってきた。スポットライトを浴びた女踊りの赤い蹴出しが、艶やかにお囃子に揺れ、腰を落として手拭を頭に巻いた男踊りの足袋が軽やかに浮かび上がってくる。

そんな様子を見ていると、私は、徳島の街が阿波踊り一色になる故郷の夏を思い出した。阿波踊りという大きな踊りの渦が、普段は静かな山や川や透明な空気を一気に呑み込んで、異次元の時空、空間を作り出す、熱い夏の夜のことを。ホールを、いやショッピングモール中に躍動している笛の音、三味線の音、鐘の音、太鼓の音、踊り子のヤットサ、ヤットサの掛け声。乱舞している人々の顔。唐突に思いがけずに私は、涙ぐんでしまったものだった。阿波踊りって、なんと華麗で雄々しく、誇らしい踊りだろうかと。故郷徳島を、いや日本を誇らしく思ったものだった。

（「随筆とくしま」第15号　平成19年）

詩

てくてくてく
耳を澄ませてごらん
春が一日てくてくてく
耳を澄ませてごらん
もういいかい
もういいかいと
チューリップ
どこで生まれたかって
キャベツ畑で
どこで生まれたかって
小川のせせらぎ
蒲公英の絮《わた》ぽぽーぽ
耳を澄ませてごらん
春が一日
てくてくてく

（令和4年2月6日　産経新聞／「朝の詩」）

詩

甘いもの

チョコレートの甘さ
ケーキの甘さ
キャンディーの甘さ

ぼた餅の甘さ
ぜんざいの甘さ
干し柿の甘さ

微妙に異なる
不可思議な甘さ
考えが甘い
生き方が甘い
自分に甘い私が好き

（令和4年6月2日　産経新聞／「朝の詩」）

血縁

令和四年九月六日、長兄が九十一歳で亡くなった。コロナ禍でこの一、二か月は病院での面会は限られており、それも直接対面はできなかった。長兄は元気なおりに、日本の男性の平均寿命まで生きたいと言っていたので、年に不足はないのだが――。

私の兄姉は長兄、長姉、次兄、次姉、私、弟、弟の七人だった。でもすぐ下の弟は四歳くらいで亡くなったので、実質六人兄姉のように育った。下の者は、長兄をおおき兄、次兄をこま兄と呼んでいた。

父は親の代から家具職人で、昭和六年生まれの長兄と六歳下の次兄は、父のもとで家具職人になった。住まいの裏に仕事場があり、父や二人の兄が日々働く姿をみて育った。小柄な長兄と大柄な次兄だが、洋服ダンス、整理ダンス、下駄箱等々、昭和の花嫁道具を作っていた。昔は職人の修行は「三年で年が明ける」と言われ、三年間修行すると職人として認められていた。兄二人は、父の薫陶を受け家具職人になったのだ。

昭和二十年代、祖母を含めて九人、戦後の貧しい暮らしだったが、夕食は家族揃って食卓をにぎやかに囲んだものだ。十三歳年上の長兄はご飯を食べるのが早く、一碗のご飯を四、五回の箸使いでガツ、ガツと美味しそうに食べていた。その姿は小さかった私には力強く、頼もしく映った。

私より九歳年上の長姉は、中学校を卒業すると乞われて尼崎市の叔母の家で、家事手伝いをしていた。その姉は、次姉、私、弟に毎年クリスマスプレゼントを送ってくれた。学用品、本、手袋、お菓子等々。昭和二十年後半の頃、地方ではまだクリスマス行事は目新しいことだった。今思えば、妹や弟のプレゼントは姉が小遣いをはたいたのだろう。

そして元旦には、長兄からも父と同じようにお年玉を当然のように、私達は貰っていた。私達下の三人は、上の兄姉に守られて育ったんだなあ〜と。

我が家は全員下戸で、二人の兄も弟も、酒と煙草は生涯たしなまなかった。体質的に、お酒を受け付けないのだ。その代り趣味は多様だった。長兄は将棋、囲碁、アマチュア写真、パチンコ、歳を重ねてはカラオケを始めたが、カラオケに行くようになってお洒落になった。次兄は長兄と共にアマチャ写真をし、偶にはボートレースを見に行ったりしていた。でも、仕事の傍らに小さな写真店を開き、兄嫁が店番をして写真撮影やフイルムの現像や焼き付けをしていた。アマチャカメラマンとして、日本カメラフォトコンテスト、ニッコールフォートコンテストで準特選、徳島県美術展準特選、奨励賞、徳島新聞読者の写真コンクールの年度賞二位等々を受賞している。

若い頃、私も二人の兄の真似をして、中古のカメラで写真を撮っていた。その頃はフイルムの時代で、兄の教えは、フイルムは最後まで使い切るなと。最後の三、四枚は残すこと。何時、シャッターチャンスに出会うかもしれない。シャッターチャンスは一瞬だからなあと。

長兄の納棺の折り、兄の身の回りのものと一緒に、兄が貰っていた木工業のコンテスト、写真のコンテスト、中には将棋の大山名人の名の将棋の表彰状等を生花と共に棺に入れた。

コロナ禍で川内町の火葬場は、一家族十名しか入れませんとのこと。義姉、甥、姪夫婦、私、甥と姪の子供五人で十名。火葬を待つ間、控室で甥と姪の子供、男三名、女二名、彼等からみれば私は大叔母となる。五人とも三十前後、コロナ禍での在宅勤務のこと、彼等が幼児だった頃のこと、スマホのこと等々。長兄には申し訳ないが話しが盛り上がり、和気藹々とした時を過ごした。

兄姉夫婦と淡路の洲本にて　平成28年（2016）4月25日～26日

暫くして、場員から案内があり、火葬を済ませた遺骨を十人で囲む。足、太もも、腰、胸、首、頭と場員の説明を受けながら、各人二つづつ、白磁の骨壺に遺骨を入れてゆく。つい一時間前までの長兄の肉体が――。

遺影と遺骨を携えて葬儀場に帰り、初七日法要を執り行った。ここでもコロナ禍で、お膳は取りやめで大きな弁当（お膳仕様の折り詰め）をもち帰り、自宅での夕食となった。

平成二十四年、次兄が悪性腫瘍で二年の闘病で逝去。平成二十九年、若い弟が亡くなる前夜まで、普段通りだったのに急性心筋梗塞で逝去。令和元年、長姉が心臓の大手術の後、二度の脳梗塞で三年ほどの治療の後、逝去。

長兄の遺骨の壺を抱えた甥がポツッと「義っちゃんと弘ちゃんだけになったね」と言われ思わず号泣してしまった。昨夜の台風十一号が去り、正に台風一過、徳島平野は青空が何処までも拡がっていた。

良き妻はこの道の先輩

小原章次

私たちは、社会のことを何ひとつ分からない友達夫婦でありました。
学生結婚、就職、出産、そして転勤と、人生の大きな節目をいつも自分たちで勝手に処置し、両親へは事後報告するだけで寂しい思いばかりさせて来たと、倫理を学ばせて頂く今、しみじみ思うのであります。

家内の〝かつら〟

ほんとうに気ままでマイペースな私でした。思えば初めての就職の時もそうでした。大学卒業後、ある会社に就職したのですが、わずか一ヵ月後、私のわがままから「もうやめようと思う」と妻に話した時、理由を聞くことなく賛成してくれました。就職浪人の身となったのです。
それからは、新聞の求人欄、アルバイトニュースを見ては職を探し求め、夕方、喫茶店

で待ち合わせては、

「今日は××へ百科事典のセールスの説明会に行ったが、私の性格に合わないようだ」等々、その日の状況を妻に話しました。

妻はそうした私のわがままな言動を黙って聞いてはくれましたが、目を見ると、〝ごく普通でいいから〟との願いを感じたのであります。

そんな事もあって、翌年の二月までという約束で、鉄工所でアルバイトをしながら、夜、英語の専門学校に通いました。しかし、私の優柔不断で煮え切らない態度に心を痛めていたのでしょうか、その頃から妻の頭は円型脱毛症にかかり、三つ四つと次第に増え、悩みを通り越すほどの状態になってしまったのです。

短大卒業後は家業の事務をしてほしいとの父親の願いを知りながら、敢えて東京に残っただけに、妻は、自分の選んだ道と言い聞かせつつも、やはり親には今の状態を知られたくないと一人で悩み、様々な思いがあったと思います。それでも私の前では愚痴《ぐち》一つ言わず、持ち前の明るさで、心配をかけまいとしていました。

その当時妻は、かつらをかぶって保育園に勤めておりました。

園児たちの「先生、かつらをかぶってみたい」との要望もあったようで、「一列に並ばせては、かつらをとってかぶせたの」と笑いながら私に話すのです。

妻の弟は、「兄さん、よく一緒にいられるなあ」と言っていたほどでしたが、今思いおこすと、その言葉には〝兄さん、たった一人の姉です。よろしく〟との願いがあったのだと感じさせていただきます。

『夫婦は一対の反射鏡』とお習いしますが、原因はすべて私から発したものであり、朝起会に集うようになり、初めてあの当時の妻の気持ちも少しは分かる気がするのです。

女性として、働く婦人として、職場にあっては子供たちの中、こだわらずかつらを取って見せたり、私の前では妻として明るく振る舞っていたけれども、心の中ではこの状態をどういうふうに思っていたのか……、きっと深く悩んでいたに違いありません。

約束通り三月、恩師の紹介もあり、就職試験を受け、お蔭さまで新たなスタートを切ることが出来ました。

社会の厳しさも少しは知りましたし、意気込みをもって働くことが出来、いつのまにか妻の脱毛症も完治しておりました。

美人ですよ

仕事も軌道に乗り、四年後、福山に転勤となりました。

我が家に本会とのご縁がありましたのは、ちょうどその頃であります。

転勤後、三カ月過ぎたある日、先輩の方のお誘いで、最初に妻が朝起会に集い始めました。

「読書会のような会があるので行ってきます」と家を出かけるのです。朝、五時。早朝から出かけるので不審に思ったり、元来血圧が低く朝起きるのが辛《つら》そうでもあり、猛反対しました。

「これ以上続けると俺にも考えがある」と。

一方妻は、枕もとで両手をついて、「おはようございます」と挨拶するやら、職場に行く時は玄関から出て見送るなど、今まで以上に生き生きとしてきました。

朝食時にも、

「おとうさん、朝起会では〝演談〟というのがあって、それぞれの人が昨日の生活の反省をし、今日一日の決意をしてるみたい」と、毎日楽しそうに話すのです。

また、演談者の名前を言っては演談の内容を伝えます。そして最後には、

「美人ですよ」とか、

「優しそうな人ですよ」

こんな解説までつくのです。

私は内心快く思っていないものですから、

「そんな事は常識だ。その考えはおかしい」

そう言い出しますと、妻も、

「そうなんです。私もおかしいと思うのですよね」

と言いながらも、また次の朝には、いそいそと朝起会に出かけるのです。

時同じくして上司より、「以前から希望していた国際技術協力で、パラグアイ行きの話が本部から来ているが、考えてみてはどうか」とおっしゃって頂きました。

この四月に転勤して来たすぐの事でもあり、幼い子供たちもいる事だし、どうしようかと悩みました。けれども妻の、「どこへでもついて行きます」との明るい言葉を聞き、心が決まり、職場の皆様の励ましによって、さらに決意を固めることが出来たのです。

妻は、（今のままであっては家族揃《そろ》っての外国での生活には自信がない）との思いで、より真剣に朝起会に集うようになりました。それを横目で見ながらも、依怙地《いこじ》な私は共に集おうとはしませんでした。

しかし、妻のあまりの熱心な気迫が通じたのか、同じ時刻に起き、スペイン語の勉強に取り組むことが出来ました。

親想《おも》う熱い涙

そんな私も、翌年の冬、先輩会友の陰ながらの熱心な応援と、涙ぐましいほどの妻の真剣な誘いで、とうとう立ち上がる時が来たのです。

思えば十年前。福山市民会館で開かれた本会の講演会に集わせて頂き、その折の体験発表から、親を想う心を引き出して頂きました。それは断片的ですが、今もって忘れません。特にその中で引用された、ある教育者の幼い頃の話が胸に深く刻まれました。

――志の半《なか》ばにして母の許《もと》に帰った時、さぞかし、よう帰って来たとばかり迎えてくれるものと思っていたが、戸は開かず、振り返り、振り返りしながらも同じ道を帰る。窓越しに、母はひたすらわが子の成長を願う。見返りの窓は――。

この話を聞かせて頂くにつれて、父、母の姿が、まぶたに浮かびました。

両親は兄弟七人を抱え、戦中戦後を苦労して切りぬけ今に至っている。そんな親に対して、私は高校を卒業し敢えて東京へ出てきてから、栃木、広島と親許を離れ、孝行と言っても何も出来ていない自分であると気付かせて頂きました。自分を振り返り、熱いものが次から次とこみ上げて来ました。周囲に人がいるのも忘れる思いでした。

その時、反省と共に、明日からの朝起き実践を決意させて頂いたのであります。

日々の朝起会では、素直な心で演談に耳を傾けました。そして、人が二人以上生活する上に、欠くことの出来ない筋道、すなわち倫理が必要であると学ばせて頂き、〝よし、やるぞ〟との心が燃え立つ、まさしく心の道場でした。日を重ねるほどに心を高めることが出来ました。

いよいよパラグアイへ出発の日も迫り、家族の心が一つにならねばと強く願いつつも、反面、妻や幼い子供たちを見るにつけ胸が痛み、仕事上の事情とはいえ、自分の都合で日本を離れ、再び親子共々、日本へ無事帰って来れるだろうかと考えると不安がつのります。ある夜など、豆電球に映し出された天井の節を眺めながら、胸に次から次へといろんな思いがこみあげてまいりました。

それからというもの、終始一貫の朝起き実践はもとより、自分自身への実践を課し、出発の日まで精進に拍車をかけたのでした。

外国生活での楽しみは……

そして一年が過ぎ、パラグアイに向けて飛び立つことが出来ました。

当初、パラグアイの地では、朝起きで学んだ教えを実践して一味違う仕事をしようと、一本立ちしたような、少々ごう慢な心もありましたが、振り返ってみますと、様々な人々の支えあればこそであったと痛感させられます。

両親から送ってもらった日本の品々、折り紙、マンガのシール、豆腐の素、ラーメン等を、机の上に山のように積みます。

子供たちは、折り紙やシールを手にはしゃぎます。

妻は、ゆったりした表情で、ただ眺めております。

私は、ラーメンをスープもたっぷりとどんぶりに作り満腹顔。そして、幼い頃よく腹をこわし、母に心配をかけては病院の帰りに、あったかいうどんをいただいたことなどを思い出しながら、ひたすら与えることのみの両親の愛情を感じ、感謝でいっぱいになりました。

また、毎月、先輩の方から送られて来る宏正誌を、大使館に受け取りに行くのが楽しみでした。

何回も、何回も読ませて頂きました。日曜日の夕方五時になりますと、この時刻は日本では朝の五時。先輩の方は朝起会に集っておられる頃だな、などと妻と会話を交わしながら、夫婦愛和、親孝行せねばと思わせて頂くと共に、勇気が湧いてくるひと時でした。

このような中、日常の暮らしでは困ることはありませんでした。それは、移民で来られた方々、日系の方々の流した血と汗のたまものです。

トマト、すいか、野菜類の普及は日系の人々の努力を抜きにしては語れませんし、その事で、日本人への評価が高く、非常に親日的です。日本人であることの誇りを感じると共に、改めてその使命に気付かせて頂きました。

逆に日本人であることで屈辱《くつじょく》を味わう国もあった事を思いますと、平和であるためには、まず、自ら愛和を実践して行かねばと思いました。

私の力ではない

こうして、様々の学びと、時には失敗もありましたが、貴重な外国での日々も過ぎ、三年後、家族全員が無事、日本に帰ることが出来ました。

帰国後、初めて壮年錬成会に参加させて頂いたことで、壮年としての朝起き再出発となりました。人生の節目節目に、倫理の教えに触れさせて頂きましたことは、ただ感謝でございます。

そんなある日、パラグアイでお世話になった団長さんから、まだ任期を残してお忙しいにもかかわらず、お手紙を頂きました。

〈貴兄の存在こそ、チームの和、調和の原点であったように思えてなりません。厚く御礼申し上げます〉

まことに過分なお言葉に恐縮すると同時に、これは私の力ではない、毎月宏正誌を三年間にもわたって送って下さった先輩の方、又、心より送り出して下さった職場の皆様、そして、親の愛情等々、数えきれないほどの、有形無形の恩愛あればこそと、感謝の念にあふれました。

このような素直な気持ちにさせて頂いたのは、実践倫理のお教えと、その教えに基づいて毎日書かせていただいた〝葉書の実践〟のお蔭であります。

それは、両親に心配をかけて来た私だから、せめて毎日……との思いで、元気で過ごしていることを葉書に書かせて頂いたのでした。一年、二年と継続する内に、兄弟との仲も一層深まる体験も得ることが出来ました。

今は亡き父ですが、一昨年の事が思い出されます。それは、盆の期間だけ病院に許しを頂き、入院中の父を家に迎えて、楽しいひと時を過ごした事であります。

そういえば、病院に迎えに兄と共に行きました時、兄が父を背負い、私が父の背を支えながら車まで歩いた時の、心からこみ上げてくる胸熱くなる感動も忘れられません。

何も言わぬ父、兄、そして私。男三人、言葉は何も交わさないけれども、共に歩いて行けることが喜びでした。

いざ本番の心意気

親の恩を感じるほどに、少しなりとも人に思いを馳せることが出来る気がしてならない昨今であります。

今、職場にあっては、再編整備による活性化で、この一年間に約三分の一の方が転勤され、内部におきましても自己変革が求められています。日々が学びであり、実践の場であり、果たしてこれでいいのかと反省する一日、一日でもあります。

朝起き会場におきましては、お役を通して学ばせて頂いております。

さあ、これからが本番であります。この時こそチャンスととらえ、自分だけの小さな志

兄姉夫婦　淡路の洲本にて　平成28年（2016）4月25日～26日

の世界でなく、〝あの人と離れ難い、俺もヤル気がおきた〟と、互いに響き合えるような人柄を目指し、共通の大志に生きるべく、心の道場である朝起会で学ばせて頂きます。

限りない喜びと祝福を与え合う人格を身につけられますよう、投げず、あきらめず、ひたすら実践に向かい、感謝の生活を送る決意であります。

（「宏正」昭和64年発行）

人形とともに

小原伸二（昭和五十三年徳島県立城北高卒）

高校を卒業してあれから四十五年。たまたま高校で入った部が民芸部。古典が苦手で、数学・化学が得意だったので、理系大学に進学志望。大学を卒業したら、二度と人形浄瑠璃とは関わることはないと思っていた。

しかし、現在、城北高校民芸部ＯＢらでつくる「阿波人形浄瑠璃研究会青年座」代表となり、徳島市立川内中学校の民芸部顧問も今年で通算十五年となる。教えた生徒が城北高校に進学し、高校生と青年座他といっしょに、城北高校創立八十周年記念式典で、三番叟を演じさせてもらった。公演翌日の新聞にもカラー写真で記事として紹介された。高校の民芸部に入っていなければ当然できなかったであろうことだ。また、二〇二一年四月から、中学校音楽の教科書（教育芸術社）に中学校生徒といっしょに写真が掲載されている。今さらながら、不思議なものである。

人形浄瑠璃は、とかく「古くさい、わかりにくい、おもしろくない」と言われるが、そ

うでもない。古いものもあるが、新しいものもある。気に入ったものがなければ、新作を作ればいい。青年座も、「道行三番叟〜あわ娘にご用心〜」といった、ガブ（文楽人形の首（かしら）のひとつ。女の口が裂けて、鬼や怨霊に素早く変化する仕掛のあるもの）の人形が出て、阿波おどりや金長まんじゅうも出てくるオリジナル新作浄瑠璃を作った。企画から脚本や音楽も自分たちが作り、できあがった。国民文化祭が徳島で開催するにあたって、間に合わせることができ、それなりに好評で、その後も、何度か再演をすることができた。また、語りは少々わからなくても、なんとなく笑えておもしろいものもあるし、心情的に共感できるものもたくさんある。人形浄瑠璃だけでもの足りないのであれば、阿波おどりはもちろん、ダンスやジャズや落語、歌舞伎や和太鼓、手話や朗読など、他のジャンルとコラボすれば、新たな視野も開けてくる。阿波踊りでは「おどる阿呆にみる阿呆。同じ阿呆なら、踊らなそんそん。」と言われるが、人形浄瑠璃も観るより、自ら人形を遣ったり、語ったりするのがさらに楽しい。特に、那賀郡那賀町の川俣農村舞台や

拝宮農村舞台、徳島市八多町の犬飼農村舞台など、風情のある農村舞台での公演は、自然と一体となる雰囲気があり、観る側も演じる側も、なんともいえない至福のひとときを過ごすことができた。

それから、人形浄瑠璃をやっていたおかげで、テレビ時代劇の必殺仕事人２００９のオープニング撮影に関わったことがある。エンドロールに「阿波人形浄瑠璃研究会青年座」「徳島県立城北高等学校民芸部」と入れてもらった。わかる人にはわかるということで、見ず知らずの県外の城北ＯＢから少なからず反響があり、作戦はうまくいったと自負している。

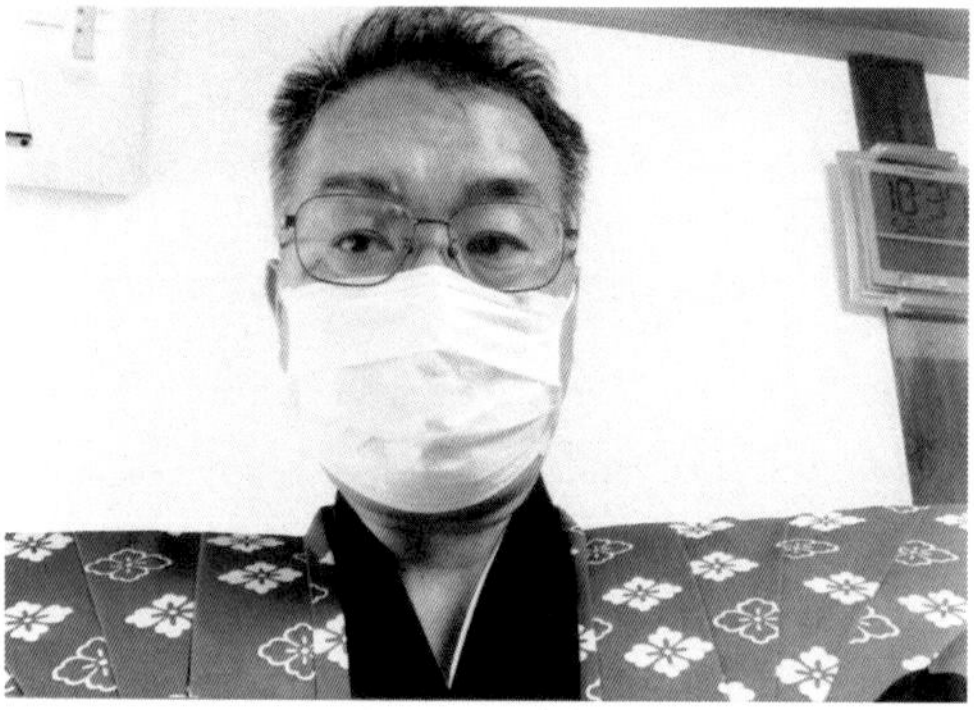

令和４年（2022）5月12日　阿波十郎兵衛屋敷にて

また、徳島県立城北高等学校人形会館は、私たち民芸部ＯＢにとって青春の原点である。そう遠くないうちに、高校生らと人形会館で三番叟の公演を再びしてみたいと思っている。

それから、高校生といっしょに海外公演に行きたいと思っていたが、これは現実に実現できた。２０２２年12月

15日～21日の間、徳島県のドイツ・ニーダーザクセン州文化交流団として、高校生六人・青年座七人・他十三人の総勢二十六人で、ドイツのハノーファーで三番叟や阿波鳴を公演した。やってみたいと思うことはそれなりにかなうことが体感することができた。

これからも、阿波人形浄瑠璃をより身近で親しみのあるものにすべく、まずは自ら楽しみながら、続けることによって、人形浄瑠璃という古い舟を動かせるのではないかと考えている。私たちは、古い舟を動かせる、新しい水夫になりたい。そのことを、後輩たちに指し示していきたく思っている。そうすれば、自ずと、阿波人形浄瑠璃が次の世代にも継承・発展することができると確信している。

バングラディシュにて

横佩香織

私は学生の頃から、英語が嫌いだった。だから、英語を話す外国には一生行かないし、生まれ育った大阪で生きて行けばいいと思っていた。

その気持ちが揺らいだのは、叔父が南米のパラグアイで海外支援をしていたこと、叔母が香港に住んでいたこと。そして、叔父の家族が一時帰国した時、面白おかしくパラグアイでの生活を話していたからだ。外国への拒否感が僅かに和らぎ、異国への好奇心が募ってきていた。

さらに大きく気持ちが変わったのは、同じ保健師の友人と共に海外で医療活動を行うボランティアをしたいと思い立ったことだ。彼女と共に青年海外協力隊隊員として、バングラディシュに派遣されることになった。幸運なことに、協力隊では私の苦手な外国語の訓練までしてくれるという。

私が派遣され、強烈な体験をしたバングラディシュは、私にとって好きとも嫌いとも一

言で言えない特別な国になった。
派遣された所は、外国人が珍しい小さな村で、私は珍獣扱いで、外に出るといつも村人や子供が後ろについてきた。子供に石を投げつけられたこともある。今ならわかるが、あれは悪気があったのではなく、私の気を引きたかっただけなのだ。その当時の若い私は、怒り心頭であったが――。
そんな生活のある夜、村人が助けを求めて私の家を訪ねて来た。双子の出産がうまく進んでいかないという。病院で産科勤務の経験が四年ある私は、不安に思いつつも何か手助けができるだろうと、出産の行われている家にかけつけた。
母体は大丈夫そうであったが、長く胎児が出てこない。触ってもさっぱりわからない。ここには、日本では当たり前にあった分娩監視装置、点滴、陣痛促進剤、吸引機も何

バングラディシュ　平成9年（1997）
後に立っている女性は、ねねと一緒に仕事をしている保健ボランティア達

も無いのだ。それ等が無いと私には為すべきことが何もない。母体が、胎児が、亡くなる可能性が――、私はどうすればいいのか？

取りあえず、交流のあった（私が衛生について指導していた）産婆さんを呼びに行ってもらった。何の器具も、薬も無い中で産婆さんは、妊婦のお腹をさそり、産道を手で広げ、お産を促し続けた。母体は問題なかったが、双子は弱々しい産声をあげて産まれ出た。私は成すすべもなく、双子の出産の顛末を見続けるだけだった。

その数日後、双子が亡くなったという

知らせを受けた。私は誰にも責められなかった。彼らにとって、無事に出産できないことは、特別ではなかったのだ。運が悪かった、そう言って悲しげに目を伏せるだけだった。

国が違えば、文化も考え方も感じ方も違う。命の重さだって変わってくる。仕方がない、と諦めることに慣れていくのだ。四年も！　医療経験を積んだと思っていた私は無力だった。偉そうに村の産婆さんや女性に保健衛生を指導していた私は、傲慢であった。そして、そのことを通じて、日本の大阪という狭い場所でずっと生きていこうと思っていた私は、外に目を向ける、外を知る、ということに目覚めたのだ。

気がつけば、アメリカに来て二十一年経っている。少しは外を知ることができたかもしれない。これを書きつつ、日本と比べてアメリカの文句ばかりを言いがちになったこの頃は、或る意味、アメリカが第二の母国となり、遠慮せずに忌憚なく文句を言える祖国になりつつあることなのかもと思えるのだが――。

日々是好日

―― エッセイ2 ――

犬との縁

飼い犬野良犬どっちが幸せ

昨年の5月下旬、家の近くの廃屋からヨロヨロ出てきた子犬2匹を保護した。床下を見ると1匹は既に死んでいた。生後25日ぐらいとの獣医師さんの見立てだった。

70歳を超え、子どもも孫もいない年金暮らしの老夫婦、飼うのは無理だと思った。ちょうど友人からの情報で1週間後、石井町の蓮光寺でバザーが催されるのを耳にした。友を通じ寺の奥さまに「犬の里親募集」の出店をお願いした。運よく1日目に鳴門市の子どもがもらってくれた。

その夜、1匹になった子犬が遠ぼえを交え鳴くのを見ていると、何とも切なかった。「相棒がおらーん、オーン、オーン」。幸い2日目には石井町の女の子がもらってくれた。取りあえず肩の荷が下りた。

それなのに6月中旬、今度は近くの空き地で夫が子犬を発見。5、6匹のうち2匹を保護した。生後2カ月ぐらいとのこと。ミルクを与え、一時保護と思いながら世話をしている間に「かわいい2匹は離せられんなあ。放っとくわけにもいかんな」と夫が言い出した。そのうち首輪や鎖を買い、犬小屋まで作る羽目になった。

今、白と茶色の「イチ・ハチ」は時折、高速道の上板サービスエリアのドッグランで全力疾走している。幸せそうな瞳。時折、野良犬を見掛ける。食べ物や寝る所はないが自由気ままな様子だ。飼い犬と野良犬、犬の幸せとはどちらだろう、と思うこの頃である。

(平成29年4月9日　徳島新聞／読者の手紙)

離れぬ犬との暮らしを選択

先日、本欄で「飼い犬・野良犬どっちが幸せ」との見出しで採用されたが、反響の早さに驚かされた。投稿したのには生後1年になる犬のイチとハチの里親を探す目的もあった。掲載されたその朝10時ごろに「今朝の新聞を読んで、お宅の犬を頂こうと思います」と電話。そして夫が自宅前の道路に出て電話の方を待った。

来られたのは高齢のご夫婦。「あのー、おじいちゃんの年は？」と聞くと八十何歳。「ご家族は？」に「6人じゃ、孫もおるんじゃ。この間まで犬が3匹おったが、2匹死んで今は年寄ったのが1匹おるだけなんじゃ」。「あのー、うちの条件としては2匹一緒にもらってほしいのです。離したらかわいそうやけん」などの会話で里親が成立した。

優しそうなご夫婦なのでひと安心。2匹は、そのおじいさんと並んでワゴン車に座った。おばあさんの運転で徳島市の国府町へ。私らはいつまでも見送った。

ところが午後3時すぎ、外出していた私に夫から電話。「2匹が帰ったぞ」。リーダー格のハチがずっと鳴き続け、かわいそうと思って送り帰されたのだ。息子さんが届けてくれたが、まさに半日だけの里親に。「お前さんたちの老後は知らん、仕方ない」と私たち。ペットと一緒に入れる老人・老犬ホームを探そうか、と相成った次第である。


（平成29年4月26日　徳島新聞／読者の手紙）

犬と暮らせる高齢者施設を

わが家には昨年6月に空き地で拾った雑種の犬が2匹いる。犬を飼うようになって生活が変わった。

まず早寝早起きになった。早朝、車でドッグラン（犬専用の運動場）に連れて行く。目を輝かせて全力疾走する犬たちを見ていると、私までうれしくなる。その後も午前中と午後に1度ずつ散歩し、夕方も夫が1時間ほど散歩させる。

最初は一時的に預かり、飼ってくれる人を探すつもりだったが、飼い始めてみると実にかわいい。犬もすっかりわが家に懐いた。

犬を飼い始めて私は体重が4キロほど減り、足腰も鍛えられた。夫とけんかをしたときは、犬を相手に愚痴を言って気を晴らす。

犬を飼うことは、高齢者の心身の健康に非常に良い効果があると思う。犬と共に暮らせるような施設を自治体が整備してはどうだろう。そうすれば、高齢者が元気に暮らし、犬の殺処分も減らすことができるのではないか。

（平成29年4月27日　産経新聞）

花の下で

高齢者でも犬を飼えるなら

徳島新聞の暮らし面で連載された「平和ボケばあさんの猫暮らし」を楽しく読んだ。最終回、樋口恵子さんは「今、日本中の多くの高齢者が猫や犬を友として生きている」と結んだ。

これはまさにわが家の情景である。昨春、野良犬の子を2匹拾った。夫も私も70歳をすぎ、年金暮らしの老夫婦。迷いに迷ったが、里親を探すまでの間、一時的に育てることにした。半年ぐらいして運よく2匹共に里親が見つかったが、半日で帰ってきた。あまりにも2匹が鳴き続けるからだった。結局、彼らと生きる道を選んだ。

最大の悩みは私たちが先に逝ったときのことだ。連載の上に、県動物愛護センターの記事が載っていた。昨年度約千匹の犬がセンターに保護され、うち576匹が殺処分されたという。これを読んで、60歳を超えても犬の里親になれる特例がないものかと思った。

高齢者が犬を飼うことで癒やされ、精神的、肉体的に健康になれば医療費の削減になる。と同時に、犬の殺処分も減るのではないか。その代わり高齢者に何かあった際、センターに引き取ってもらう措置を可能にすれば、高齢者が安心して犬を引き受けることができる。世の中には犬を飼いたい高齢者はたくさんいて、現に私の周りにも。何とか良い策はないものか。

（平成29年9月30日　徳島新聞／読者の手紙）

泳げない愛犬

わが家には3歳の雑種の中型犬が2匹いる。夏になると年に1回だが吉野川へ川遊びに連れて行く。最初の年は水に入るのを怖がり、10センチほどの深さで尻込みして動かなくなった。仕方ないので水際でお茶を濁した。

昨年は20、30センチの深さのところにある流木に競って飛び乗り、一向に水に入ろうとしなかった。今年で3年目。今年こそ、頭を水面から出して犬かきで軽やかに泳ぐ姿を見たいと思っていた。

しかし、わが家の犬は飼い主に似たのか2匹とも不器用そのもの。夫が1匹ずつ水に引き入れるが、前足で水面をたたいて水しぶきを上げるだけで前に進まずおぼれかけているように見える。

犬は犬かきで泳げると思っていたのは私の錯覚なのだ。泳げない人同様にわが家の犬は泳げないと納得した川遊びだった。

（平成元年9月9日　徳島新聞／ちょっとええ話）

犬を保護しやるせない思い

夕方に2匹の犬と散歩して帰った夫が「高速道のサービスエリアの近くに野良犬がおって、ポケットにあったペットフードを出したら尻尾を振って来たんじゃ」と話した。私は関わらないようにと夫に伝えた。

しかし翌日の夕方、気になって夫に内緒で野良犬がいたという場所に行ってみた。草が茂った所から痩せた犬が尻尾を振りながら出てきた。生後3、4カ月くらいだろうか。シェパードのような茶毛で耳がピンと立っている。持っていった食パンを道端に投げると素早く頬張った。もう1枚、これも喜んで食べた。その後、あまりにも犬がフレンドリーだったので、座り込んで手のひらにペットフードを乗せて与えた。そっと肩のあたりをなでたら、意外と尻尾を振っている。もしかしたら一度は人に飼われていた犬なのかもしれない。野良犬として放っておくより、保護して動物愛護管理センターなどに送れば、新しい飼い主を探してくれるのではないか、野垂れ死にするより希望があるのではないかと思った。

翌日の夕方、パンなどの餌と大きな網と首輪とひもを携え、犬のいた場所に夫と行った。尻尾を振って犬が出てきたので、パンをやって餌をばらまき、大きな網で押さえこんで夫が犬を確保した。

犬はその夜ほえたり鳴いたりせず穏やかに眠っていた。次の日、犬を役場に引き渡す時、やるせない思いでいっぱいだった。優しい飼い主が見つかるように願った。

（令和3年6月8日　徳島新聞／読者の手紙）

ペットと入れる介護施設を

1月26日付本紙の「高齢ペットとシルバー世代」を読み身につまされます。「飼い主の体力の衰えからペットを飼い続けることができなくなった」など、まさにわが家の近未来の情景です。

今、6歳の中型犬を2匹飼っています。6年前、野良犬の子を保護し、そのあどけないい表情とかわいいしぐさに魅了され、つい手元に置いてしまいました。

10カ月後、意を決して里親を探したところ、2匹まとめて引き取ってくれる方が見つかりました。ほっとした半面、別れに寂しさいっぱいの思いでした。

里親のところに行った2匹はその日の朝から遠ぼえをし続けたそうです。到底手におえないということになり、その日の午後、わが家に送り帰されました。私たちに再会してしっぽを振って喜ぶ姿を見て手放せなくなり、今日に至っています。

犬の平均寿命は15年といわれています。私たちがそれより先に逝くわけにはいきません。この先のことを思うと、ペットと共に入所できる介護施設があればいいなと思います。老健施設、老健ペットホーム、保育所・幼稚園が近接していて交流できるような場所が理想です。徳島にそのような施設ができることを念願しています。

（令和4年2月13日　徳島新聞／読者の手紙）

のんきな暮らし

素っぴんでのんきな暮らし

先頃、姉を見舞いに兵庫県宝塚市の病院に行った折、まさに10日付本欄に載った「列車で化粧をする女性を見て」と同じような場面に出くわした。うら若き女性が電車内で化粧をするのは今の時代、当たり前の事なのかと。

車内にはかなりの乗客がいたが、彼女は全く気にも留めず、ひたすら自分の世界に没頭していた。手鏡で顔をのぞき込みながら紅を塗り、アイラインを引いていた。化粧は女のたしなみというけれど……。

私も若い頃、人並みに化粧をすべく努力をしたが、生来の不器用さ。アイラインを引いたり、器具を使ってまつげを巻き上げたり、眉毛をきれいに整えたりができなかった。それとずぼらさも高じ、素っぴんで生きる人生に。汗をかくと、いつでもどこでも顔が洗えるし、夜化粧を落とす手間も要らず、のんきな暮らしだった。

後期高齢者の仲間入り近くになった今、

素っぴんの暮らしを謳歌《おうか》している。しわ、染み、白髪などを気にせず、冬の間はハンドクリームで顔もお手入れ、色付きのリップクリームでやり過ごしている。ささやかな年金暮らし、経済的だ。でも、今まで「お美しい」との言葉は一度も言われたことがない。

（平成29年10月17日　徳島新聞／読者の手紙）

テレビのない生活を続けて

数年前、思いもかけずにうつ病になった。鬱《うつ》の間約1年半、毎日漢方薬を煎じて飲んでいた。幸いにも何とか鬱をやり過ごすことができ、今は平穏な日々を送っている。

それはちょうどロンドン五輪があったころだ。五輪のテレビ放映がなぜかやかましく感じ、テレビを見ることができなくなった。それ以来、夫と私はテレビを見なくなった。今、情報源は新聞、ラジオ、インターネットだ。

新聞は2紙取っていて、2紙の論調はかなり異なる。思うに新聞もラジオもそうだが、同じ紙面だけ、同じ局だけの主張を見聞きしていると自分の考え方が偏る気がする。異なる論調、主張に耳を傾けないと脳の柔軟性がなくなると思う。

新聞はテレビと違って自分のペースでゆっくりと読めるので、隅から隅まで目を通している。テレビは医院の待合室、食堂、銀行などで食い入るように見ている。テレビは見ていると確かに楽しく、止まらない。でも、せっかくテレビのない生活を続けているので、この暮らしを捨てたくない。テレビの話題でいかに「浦島花子」状態になろうとも。

（平成30年3月31日　徳島新聞／読者の手紙）

探し物発見に頼もしい呪文

5月20付本欄で「落とした指輪見つかり感謝」を読みました。私もしょっちゅう探し物をしているので人ごとではありません。でも、もし家の中で物がなくなったときには、頼もしい呪文があります。数年前に友人から教えられたおまじないの呪文です。

北の方角に向かって「北の角の片手不動さま、○○をなくしましたので見つけてくださいい」と右手を上げて唱え、さらに「見つかりましたら、両手を合わせてお礼申し上げます」とお願いします。すぐに見つからなくても、一両日中には不思議に出てきます。

最初にその話を聞いたとき、首をかしげましたが、試してみたら本当に出てきました。お気に入りのヒスイのペンダントが、ジャケットのポケットから見つかったのです。うそだろうと思わず笑ってしまいました。

友人たちと月1回の昼食会の席で、その話をするとみんなばかにしました。でも、翌月の食事会のとき、1人の友人が試したらスカーフが出てきたそうです。ただし屋外でなくした物は対象外です。それ以来、家の中でなくした物は、いつか必ず出てくると変に安心しています。

（平成30年5月27日　徳島新聞／読者の手紙）

裸になるのに

ここ数年、週に2、3日、温水プールに通っている。フロントでロッカーの鍵を受け取り、ロッカー室でカーテンが付いている更衣室を探す。中で水着に着替え、ロッカーに荷物を預けてプールに向かう。

プールの更衣室やシャワー室はカーテンが付いていて、カーテンを引けばプライバシーが守られる。泳いだ後でシャワーを浴びて下着を着け、バスタオルをまとってロッカー室に戻るが、そこで裸の人と会うことは一般的にはない。ところが、温泉や銭湯のロッカー室や脱衣所ではみんな堂々と裸で歩いている。

また、プールの更衣室ではみんなドライヤーで髪を整え、化粧をしている。でも温泉や銭湯を出た人は、私が知る限りすっぴんだ。同じように裸になるのに、プールと温泉や銭湯の更衣室では微妙に異なる。プールでは人の目を気にするが、温泉や銭湯では、ゆったりと心身を解放してリラックスするということに違いがあるのだろうか。

（平成30年6月11日　徳島新聞／ちょっとええ話）

田舎仕様の交通法規を提言

この頃、高齢者の運転免許証の返納についていろいろと取り沙汰されている。わが家は田舎なので車が運転できなくなると日常の生活に困る。公共のバス停まで約1キロ、それも板野—徳島方面のみで1時間に1便。スーパーマーケットには車で10分かかる。

そんな暮らしと、5分もすれば電車が来る都会暮らしの人と同じ交通法規で縛られるのは問題だと思う。田舎には田舎に合った交通法規を認めてほしい。

暮らしている場所と個々の高齢者の適性で免許更新はするべきである。例えば、田舎で車がないと生活できない人たちの免許証に条件を付けて更新するのはどうだろう。徳島県内は終日運転可能など運転できる地域を表示したり、夜9時以降1人で運転はできないが同乗者がいれば運転できるようにしたりするなど。

高齢になっても車の運転を続ければ脳の活性化になる。ある面、車を運転するために健康に気を使うようになるだろう。足腰を鍛え筋肉が衰えないようにと。80、90代が元気であれば医療、介護保険の利用は減る。そして、車の運転は寝たきりにならない秘訣《ひけつ》になるかもしれないと思う。

（平成30年12月15日　徳島新聞／読者の手紙）

旅の恥 かき捨て

高齢になると、恥や外聞を気にしなくなる。この2、3年、長姉を見舞いに兵庫県尼崎市の老健施設に時折、通っている。先日、枚方市内に住んでいる次姉夫婦と一緒に見舞いに行った。

長姉はとろみのある食べ物は食べることができるのでプリンを持参した。帰り際、残った1個を私にくれた。そのプリンを神戸市の三宮にある高速バスターミナルの待合室で食べることにした。リュックサックからプリンを出したがスプーンがない。

まさかカップに指を突っ込むわけにはいかず、どうしたものかと周りを見渡すと、隣の席に座っていた若い女性が棒状のお菓子をぽりぽりと食べている。女性にプリンの容器を見せて、スプーンがないことを説明し、そのお菓子を2本もらえないかと頼んでみた。

見ず知らずの女性が快く私の希望をかなえてくれた。お菓子2本を使い、プリンを食べることができた。「旅の恥はかき捨て」を実践した。

（令和元年11月1日　徳島新聞／ちょっとええ話）

初日の出拝む近場スポット

この数年、初日の出を拝むのは、車で5分の近場で済ませている。そこは徳島自動車道の下り線・上板サービスエリア（SA）だ。

松山方面行きの高速バス停留所があり、一般道からＳＡ裏側の駐車場に車を置ける。エリア内に「旅人の座」と記された展望台がある。高台で初日の出を見る絶好のスポットとなっている。

日が出て明るくなると、展望台からは南に１０００メートル級の山々が連なっているのが展望できる。一番西の方には阿波富士と呼ばれる高越山の雄姿がそびえ、そして神山の山々、晴れた日には西日本で2番目に高い剣山の頂が見える。また、東には大川原高原の風力発電用設備の風車が数本、さらに徳島市のシンボル眉山が横たわっている。そして、眼下には吉野川市鴨島町、石井町、徳島市の街並みが広がり、徳島平野が一望できる。

ちなみに「旅人の座」すぐ横にある石段を10メートルほど下っていくと、１９１５年、代議士として国内糖業の振興に尽くした中川虎之介氏が山林をミカン畑にするため開墾中に地下から掘り出した「神宅銅鐸《どうたく》」出土地の石碑が建っている。その銅鐸の実物は今、東京国立博物館に展示されている。

初日の出を見た後、車で10分の所にある町の氏神さんの殿宮神社で初詣をする。これが、夫と5歳になる2匹の犬と私の元旦の習わしになっている。

（令和3年1月1日　徳島新聞／丑年に寄せて）

日めくりに思う

今年は年初から世界中がコロナ騒動に振り回されてきたが、カレンダーは早くも年末。季節は巡って、少しずつコロナ騒動沈静化への期待も見えてきた。

わが家には、四つのカレンダーが掛かっている。書家で詩人の相田みつをと、幸せの国ブータンの日めくり、その月の予定を書き込むための月ごと、それに1年間の徳島の花の写真が入った徳島花へんろだ。

相田みつをの言葉は「美しいものを美しいと思えるあなたのこころがうつくしい」。ブータンの今日の言葉は「しあわせとは、自分の持っているものを喜ぶことです」だ。毎朝、この二つの日めくりを目にすると心が安らぎ、ちょっと勇気づけられる。

カレンダーには少しずつ予定の書き込みが入っている。かつて当たり前と思っていた、当たり前の暮らしのありがたさを実感している。（令和2年12月8日　徳島新聞／ちょっとええ話）

無人販売所

わが家は田舎なので、桃・柿・みかん・大根・ニンジン・オクラなどの無人販売所がある。隣町にはレンコン畑が広がっている。そろそろレンコンのシーズンだと思い、隣町の販売所にいってみると、あるある。新鮮な、きれいなレンコンと荒皮を剥《む》いたサトイモがクーラーボックスに入っている。

1袋100円！　友人、知人らにあげると喜ばれる。財布・小銭入れをガサゴソ。両手に10個、20個とレンコンとサトイモを抱えて車に乗り込む。鼻歌気分で帰宅。

1週間後、先日の無人販売所へ再び行くと、何やらビニール袋に入れられた物が販売所の板に張り付けられている。「忘れ物です」と。あれ！　私の小銭入れだ。中身は100円余り、けれどブランドの小銭入れなので私は大切にしている物だ。

なくしたことに全く気付いていない田舎の婆《ばあ》さんと、1週間も「忘れ物」としてぶら下がっていた小銭入れ。誰にも持っていかれず、雨にも風にも負けず、販売所の板塀にけなげにぶら下がっていたビニール袋。

お金では買えない、田舎暮らしのほっこりとした時の流れ。若者よ、そんな田舎の時の流れに乗ってみませんか。ぜひぜひ、一度来てみませんか。待っていますよ〜。田舎の婆より。

（令和4年12月15日　産経新聞／朝晴れエッセー）

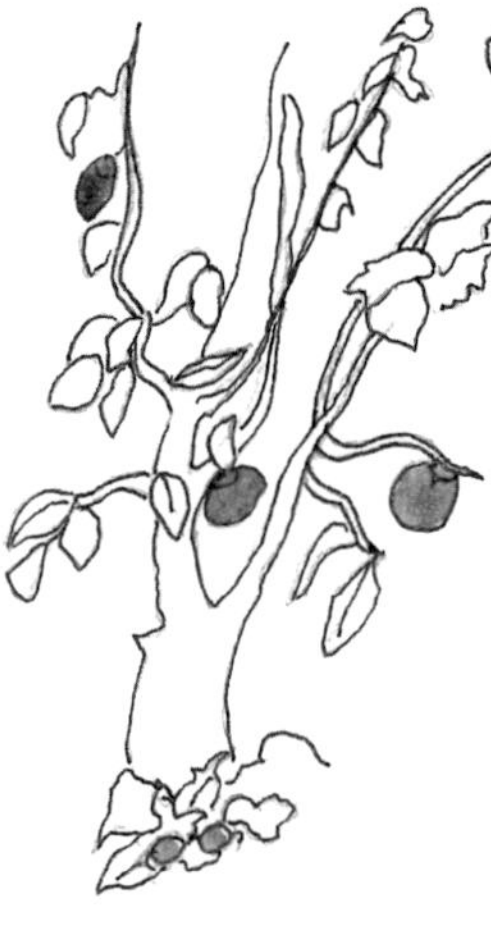

健康のために

老けないために理想と夢を

60代のころにはさほど感じなかったが、70代になって体力・気力の衰えをしみじみ感じている。エレベーターやエスカレーターがあれば乗る。ベンチがあればすぐ座る。わけもなくけつまずいたりよろけたりする。気力も衰え、何事も「まあ、いいか」と妥協してしまう。紛れもなく、老いに突入していることを実感する。

わが家の居間にはアメリカの詩人サミュエル・ウルマンの「青春とは」という詩の書が掛かっている。青春を共にした幼なじみが精力的に書道に取り組んでいた30代のころの書だ。「青春とは、人生のある期間を言うのではなく心の様相をいうのだ。意志の弱さを退ける勇猛心、安易を振り捨てる冒険心。そして自分の理想、夢を持ち続ける心だ」と述べている。さらに老いない秘訣《ひけつ》は自分の理想、夢を持ち続けることだと。日々年を感じているわが身にとって勇気付けられる書だ。

ありがたいことに今、私は1週間に2、3

回温水プールに行く気力と体力に恵まれている。できることなら80、90歳になってもプール通いは続けたいという夢と志がある。この思いを持ち続けることこそが、老いない秘訣だと自分に言い聞かせている。

（平成30年3月4日　徳島新聞／読者の手紙）

入れ歯で生きる

「あっ、歯が入っとらん」。朝食を食べ掛けて時折出る言葉だ。私はこの数年、3、4カ月ごとに歯科検診を受けている。虫歯を治療しているものの、上顎《じょうがく》には14本の歯がある。下顎《かがく》には奥歯がなく、真ん中に歯槽膿漏《のうろう》気味の歯が辛うじて7本あり、その7本に入れ歯を架けている。80歳まであと4年。80歳で20本の歯を保つのは難しい。

ところで、いつ頃から日本で入れ歯が使われていたのだろうか。気になって調べた。平安時代には既にあったらしい。初めは木の仏像を彫る仏師や根付け師が職人の技で木を精巧に彫った「木床義歯」を作り、鎌倉時代には、木床義歯が全国に普及したらしい。その後、職人たちは入れ歯師になったようだ。

江戸時代の南総里見八犬伝の作者滝沢馬琴は甘党で、虫歯に悩まされていた。82歳で没したが、57歳で総入れ歯を使い始めたそうだ。総入れ歯になる恐怖心に襲われている私にとって、総入れ歯で25年生きた先人の話には勇気が湧いてくる。

（令和2年8月25日　徳島新聞／ちょっとええ話）

五分づきのご飯

都会では自分で精米をするなどということは、そうないだろうが、私の住む町にはコイン式の精米機があちこちにある。私は友人からいただいた玄米を五分づきにするため、よく利用している。

3年ほど前から健康を意識して玄米のままで食べるようにしていたが、どうにもおいしくない。そこで玄米を食べ始めてしばらくしてから、八分づき、五分づき、三分づきと精米の仕方を試してみた。その結果、まあまあの味ということで五分づきに落ち着いた。この食べ方だと、胚芽やぬかが残っているので食物繊維、鉄やカルシウムなどのミネラルや、ビタミンEなども摂取できるという。

だが、やはり白米はおいしい。外食して白米を食べると、どの店でも、とてもおいしいと感じる。そんなこともあって、家でもたまには白米を食べていて、そのときの感激は筆舌に尽くしがたい。三度三度白米を食べている人にはない幸福感なのだ。

（平成31年1月21日　産経新聞／きのうきょう）

さゆ飲み不眠予防に努める

若い頃はコーヒー党だったが、今はさゆ党になっている。朝起きて朝食の準備をしつつコップ1、2杯のさゆを飲む。年に数回の宴会の席では、さゆを注文する。見た目は焼酎の湯割りのようだ。意外とさゆはおいしい。普段の午後3時以降、私は緑茶、ウーロン茶、コーヒーなどは飲まない。

数年前、体調を崩して不眠が続き、その結果、うつ病になった。その時、生まれて初めて睡眠薬のお世話になった。2年近くで運よく、うつ病をやり過ごすことができた。今は非常時以外は睡眠薬を必要としなくなった。その代わりに、不眠にならないよう努力をしている。

午後はカフェインを含む物を取らない。夜は難しいことや嫌なことなどは考えない。ラジオやユーチューブでうれしいこと、楽しいことを見聞きして笑い転げるようにしている。そして、眠くなるとすぐに布団に潜り込む。午後10時を過ぎると寝付けなくなるので、早寝早起きを心掛けている。さゆ党の私と正反対に夫はコーヒー党で、寝る前にコーヒーを1杯飲む。私には信じられない行動だ。

（平成31年1月29日　徳島新聞／読者の手紙）

浅い眠り 毎晩見る夢に困惑

人には深い眠りのノンレム睡眠と浅い眠りのレム睡眠があるという。そして高齢になると浅い眠りの時間が増えてきて、夢を見やすくなるらしい。浅い眠りの時に見る夢は、荒唐無稽な内容の夢だという。

後期高齢者の私は毎晩夢を見る。楽しい夢ではなく、いつも大半が少し困った夢だ。退職して何十年もなるのに、遅刻を知らせる電話を掛けるのに職場の電話番号が分からなくて困っていたり、尿意をもよおしトイレばかりが現れて右往左往していたりする。

この前の夢は怖かった。夜11時くらいまで街をさまよっていて、家に帰るのに汽車を降りて15分くらい歩かないと家に帰れない。その15分くらいの夜道が怖い。ちゅうちょしていると画面が切り替わって、長い廊下を歩いていて突然、白衣の男に暗闇で声を掛けら怖くて大声を発した。そこで自分の叫び声で目覚めた。

いつも遅くまで起きている夫に「なんな、また寝言を言よんか」と怒鳴られた。夫に夢を見ないのかと聞くと「僕は夢を見たことがない」と言う。そんなはずはない。昨今、夫は物忘れや物をよくなくす健忘症状態だ。単に見た夢をすぐ忘れて覚えていないだけなのだと思うのだが……。

（平成31年4月20日　徳島新聞／読者の手紙）

日々是好日モットーに努力

朝5時ごろに起きて朝食の準備をする。まず5分づき（精米）のご飯にいろいろな野菜を入れたみそ仕立ての雑炊を作る。別の鍋では100グラムの鶏肉とみじん切り野菜と5分づきご飯のみそなしの雑炊を。これは犬用だ。

台所の入り口の前に小さな運動場付き高床式の犬小屋がある。調理を終え台所を出ると、運動場の出入り口で白毛のイチと茶毛のハチが、仲良く寄り添って寝そべって私を見上げる。2匹は2年前に拾った野犬の子だ。15分ほど家の周りを歩いて朝のトイレを済ませる。中型犬で食欲旺盛。食器の前で彼らがうれしそうに尻尾を振り、瞳を輝かせている顔は、まさに笑顔そのものだ。

そんな2匹を見るとじわっと幸せホルモンのオキシトシンが出てくる。夕方、夫が1時間ほど散歩に連れて行き帰ると、夫と2人で彼らに夕飯を与える。よだれを垂れ、喜々と尻尾を振る2匹を見ると、またオキシトシンが湧いてくる。まさに、ドッグセラピーだ。

後期高齢の私たちがいつまで元気で2匹の世話ができるかと悩む。でも、先のことを思い煩うのはやめよう。そして、可能な限り80、90歳まで自分たちで身の回りのことができる努力を夫としよう。日々是好日をモットーに。（令和元年9月21日　徳島新聞／読者の手紙）

持久水泳認定に参加し完泳

この数年、1週間に2、3回温水プールに通っているが、年々体力の衰えを感じている。けれど、11月4日にあった徳島県スイミングクラブ協会主管の持久水泳認定会に挑戦した。25メートルプールのレーンを取り外して反時計回りで泳ぐのだ。プールの壁に触れたり、床に足を着けたりすると棄権となる。

私はクロールや平泳ぎで5分と泳げないので、背泳ぎをメインに時折平泳ぎやクロールを交えることにした。参加申し込みをしたあと、体力の衰えという弱気の虫が頭をもたげ、当日都合が悪くなることを期待する願いが、心の片隅に浮かんだ。

しかし、当日は平穏無事で、体調も良好だった。参加コースは7分、10分、20分、30分で、私は30分のコースで22人との競泳だ。プールの要所に6人の監視員がいてコースから外れそうになると声掛けをしてくれた。背泳ぎなので周りが見えず、競泳者と接触し度々鼻から水を飲んだ。プールサイドでスタッフが掲げる「あと5分」の表示を目にしてからの5分が長かった。

幸運にも何とか完泳できたが、監視員やスタッフの方々の声掛けのおかげだと感謝している。できるなら80歳まで挑戦したい。ただし7分か10分のコースで。ちなみに競泳者の大部分は小中学生で占められていた持久水泳認定会だった。


（令和元年11月20日　徳島新聞／読者の手紙）

高齢で自信ないスマホ挑戦

12月21日付本欄の「スマホを使いこなせず不便」を拝読して身につまされた。わが家はガラケーを数年使っていたが、充電ができなくなり仕方なく1週間前にスマホに替えることにしたのだ。私は携帯のメールが打てず返信ができないので、読んだメールには電話でお礼を述べ、時には絵はがきで返事を送っているアナログ人間だ。

ガラケーからスマホの切り替えに1時間半くらいかかり、何が何だか分からないまま夫と疲れ果てて、新しいスマホと使い方ガイドなる60ページほどの冊子を手にしてたそがれ時に帰宅した。次の日から冊子の基本操作を見ながら夫と電話をかけ合うがうまく電話が取れない。呼び出し音が短い。固定電話だと20回くらい呼び出し音が続くが、スマホはすぐに切れ留守電機能になる。

それに液晶画面のタッチの仕方。タップ、ドラッグなど素早く軽くたたくのが難しい。なかなか電話の会話のやとりができないので3日後、営業所のスマホ教室に夫と共に申し込んだ。

スマホアドバイザーは優しい若い女性で、丁寧に基本の電話のやりとりを教えてくれた。でも、通話のやりとり以外はまだ疑問符ばかりだ。高齢で物忘れの激しい頭脳でのチャレンジ。半年後、1年後、スマホを使えるようになるのだろうか。自信はない。

（令和3年1月10日　徳島新聞／読者の手紙）

趣味のあれこれ

古くて汚い石でしょ！

わが家の14畳の居間には、石がゴロゴロしている。大きいのは1メートルの高さで、直径20センチほど。重いのは50キロの重さがある。小さいのは、小指の先ほど。ある人いわく「古くて汚い石でしょ！」と。何万年・何億年前の石ころだ。

20年前、中国の経済特区である深圳市に工場がある、日本の中小企業で夫は働いていた。夫はウィークデイに中国本土の深圳市で働き、週末に香港のアパートに帰る生活を7年した。その折、中国側の国境にある羅湖区のショッピングビルの店で、趣味で買い集めた化石だ。珪化木《けいかぼく》・ウミユリ・陸亀・海亀・鰐《わに》・魚類・昆虫・植物・恐竜の卵など、約5百点。

今はどうか知らないが、その頃中国で外国人が買い物をすると正規価格の10倍ほどの値札がついていた。というのは、万里の長城、桂林、上海などの観光地に行くと、香港の中国百貨店に並んでいるものがその10倍の値段で売られていたのだ。だから夫が買い集めた化石の値段が正当な値段かどうかは全く不明だ。

が、その化石の精度は保証付き。なぜなら、年度末に予算の余裕ができると県立博物館の学芸員の方がわが家の化石を買いに来る。

ただし、値切りに値切って原価割れになる。夫も私も商売下手。客が来るのは1年に2、3組。それもリピーターしか来ない。たまに「まだ店はありますか?」と、古い客から電話がかかる。ちなみに、看板は出ていません。

菜園の収穫物とささやかな年金と、非生産的な犬2匹と老夫婦は、山のふもとで汚い石に囲まれて暮らしています。

（平成29年6月3日　産経新聞／夜明けのエッセー）

友人と大川原高原を訪ねて

半世紀前、佐那河内村の大川原高原にはアジサイも大風車もなかった。牛の放牧場と山小屋があるだけだった。その山小屋で1泊した次の朝、私はコンタクトレンズを牛の水飲み場の水槽に落とし込んだ。幅30センチ、長さ5メートル、深さ20センチほどの水槽を囲んで山仲間数人と懸命に探し、奇跡的にレンズを見つけることができた。

6月末、友人と4人でアジサイを見に大川原高原に行った。朝から大雨だったが、数日前から計画していたので決行した。上板町から徳島市、佐那河内村と豪雨の中でハンドルを握る。70歳代半ばの4人、ひたすらアジサイを求めて。

標高千メートル近い小径《こみち》、高度を上げていくうち昼近くになると、幸運なことに雨がやんできた。雨に洗われたアジサイは殊の外、紫が鮮やか。その上、全山が雲海に囲まれ、まさに天上のようだ。大風車の下の木の机と椅子のあずまやで弁当を広げた。雲海を見ながらの昼食は筆舌に尽くし難い風景だった。

ちなみに、その当時の山仲間とは今も交流が続いている。その中の1人は半世紀前にコンタクトレンズを一緒に探してくれた山仲間である。(平成29年7月28日　徳島新聞／読者の手紙)

趣味の登山 準備を怠りなく

半世紀前、私の趣味は山登りだった。年とともに体力・気力が衰え、今は車で山道を疾走するだけだ。

徳島には西日本で2番目に高い剣山（標高1955メートル）がある。昔、貞光側からは剣橋―夫婦池―見ノ越―西島神社―剣山山頂が一般的な登山道だった。今は車で見ノ越まで行き、そこからリフトで西島神社、そして徒歩1時間余りで山頂である。

10年ほど前の元日、夫と2人で何十年ぶりかに剣橋から夫婦池まで歩いた。晴れて雪がまぶしく輝いていた。荷物を持つのが嫌で途中、昼食を取り飲み物も飲んで身軽になって歩いた。

一の谷、二の谷と登って行くうち飲料水が尽きてきた。昔なら谷の水や雪を平気で飲んだり食べたりしていた。しかし、その数年前に頂上のご神水に大腸菌がいたとのニュースが流れ、谷の水や雪を口に入れるのは抵抗があって我慢した。

やはり飲み物を持たない山登りは地獄だ。夫婦池に着いても自動販売機は空っぽ。結局、3、4時間水なしだった。剣橋から車に飛び乗って店を探したが、元日だからどこも閉まっていた。情けない正月早々の登山だった。皆さん、準備だけは怠りなく。

(平成29年8月18日　徳島新聞/読者の手紙)

アマ無線が結ぶ旧友との縁

昨今は電話、スマートフォン、インターネットなどを使った通信は、世界中どこにいても簡単にできる。しかし、40、50年前の通信は電話や電報くらいしかなかった上に料金が高く、まして国際電話などは庶民にとって高根の花だった。

そのころ、格安のアマチュア無線通信は趣味の王様ともてはやされていた。夫は電話級だが、アマチュア無線のコールサインを持っていた。

先日、20年ぶりに埼玉県熊谷市から、かつて夫が働いていた職場の同僚がわが家を訪れた。年賀状のやりとりも途絶えていたのに、どのようにして住所が分かったのか不思議だった。昔は、アマチュア無線のコールサイン名簿などが発行されていた。その名簿を何と本棚から探し出したのだそうだ。

彼は会社を定年退職した後、海外旅行、国内旅行を楽しんでいるようだ。今回、九州を車で一周するついでに徳島の剣山に登り、高知県の桂浜に立ち寄ろうと思い立った。そこで徳島県人の夫を思い出して、アマチュア無線のコールサインからわが家を探し出したという。昼食を共にし、時間を忘れて半日近く昔話などに花が咲いた。

（平成30年6月25日　徳島新聞／読者の手紙）

「山の会」で青春過ごせた幸せ

半世紀前、山登りがブームだった頃、私はある山の会に所属していた。会員はいろいろな職種の人で構成されていた。銀行、保険、交通関係、公務員、会計士、材木屋、大工、中にはジャーナリストもいて会員数は１００人余りだった。毎月例会があり、時にはバスを借り切って数十人が山歩きをすることもあった。先日、数十年ぶりにその頃の山の会会報と古いアルバムをかつての山仲間から借りる機会があった。会報は毎月発行していて、山行の思い出、記録、連絡事項などで50ページぐらいあった。会報の原稿は自分たちがガリ版で切り、謄写版で印刷して製本して

梶ヶ森にて例会　昭和41年（1966）7月23日～24日

平成13年（2001）
7月29日

発行していた。

もちろん、紙はわら半紙でガリ切りの文字は少しかすれている部分もあったが、会員の生き生きとした文で覆われていた。5冊ほどのアルバムに丁重に貼られた、かつての山仲間の写真は、はじける笑顔で幸せいっぱいの表情だった。

今思うに、何の利害も政治色も無く、ひたすら山歩きのために集まり、まとまり、会の運営を自分たちでして会報さえ発行していた。何と素晴らしいことか。そんな会の中で青春を過ごせた幸せをしみじみ感じている。

（平成30年11月2日　徳島新聞／読者の手紙）

苦労をしたアマチュア無線

7月29日はアマチュア無線の日だ。夫は若い頃からしており、電話級という資格でコールサインを持っている。私は理科系が弱く機械音痴だったが、夫に勧められて30歳前に資格試験を受けた。ただ短波・長波がどうかや、直流・交流などがどうかについては理解するのに苦しんだ。職場の同僚には「アマチュア無線の資格試験は小学生でも受かる」とプレッシャーをかけられた。勉強はアマチュア無線試験の問題集の答えを暗記するのみで、県庁前に当時あった港から船に乗り、大阪で試験を受けた。当日の試験会場の様子などは、全く記憶に無い。けれど、幸運にも試験に合格することができ、コールサインも取得した。

その頃の私たち夫婦は山登りを趣味にしていたので、剣山の頂上付近で移動アマチュア局を運用した。当時、山上の移動アマチュア局の電源は蓄電池か乾電池が一般的だった。山小屋に泊まったが、登山用具以外の乾電池やアンテナ用の長い竹ざおは重かった。

今はインターネットやスマートフォンが普及し、アマチュア無線の影が薄くなってきている。しかし、災害時にスマートフォンが使えなくなることもあり、アマチュア無線が非常に有効だと見直されているらしい。

（令和3年7月29日　徳島新聞／読者の手紙）

自然に感謝

人類の自然破壊を減らそう

銀河系の太陽の周りを回っている地球は、46億年前に誕生したといわれています。そして最初の霊長類が現れたのは、今から1億年前とか。地球上で人類は新参者です。でも、この2000年くらい前から地球の資源を浪費し、わが物顔で地球の自然を好きなように使用してきました。

約2000年前、地球上の人口は3億人、1960年ごろ30億人、2000年ごろ60億人、現在は76億人が地球上で暮らしているとか。いかに人類が地球で繁栄しているかが分かる数字です。

国際自然保護連合の調べで絶滅の恐れのある野生生物は2万6000種を超えるとされています。原因は温暖化、オゾン層の破壊、森林伐採、酸性雨などといわれています。地球上に人類が存在する限り、何らかの形で地球の自然を壊しているのです。ただ、少しでも破壊を少なくするための努力が要るのではないでしょうか。

便利さ、豊かさを少し我慢する。クーラー、ストーブの温度設定を制限する。食物連鎖の頂点に立つことを自覚し、食べ物を捨てない。自然界に耳を傾け感謝し自然の繁栄を祈る。身の回りで可能な自然との共生、協合を目指す実践をしたいものです。

（令和元年5月30日　徳島新聞／読者の手紙）

待ち遠しアサギマダラ来訪

アサギマダラは沖縄、台湾、中国の方から2千キロも離れた日本にきゃしゃな羽で、どうして飛んで来られるのだろうか。大海を渡る時に、どこでどのようにして羽を休めるのだろうか。とても謎の多いチョウだ。

3年前、友人から一群れのフジバカマをもらった。葉が少し紅色になり、てっぺんにつぼみが一つ、二つ付き始めた。わが家の周りには柿畑、桃畑、梅畑が広がっている。菜園片隅の柿の木の間、たった1メートル四方の中に一群れのフジバカマが植わっている。

アサギマダラはこれに2年続けて10月に飛来した。一昨年は1匹、昨年は2匹。最初の年はデジカメを握って走ったが、画像の片隅に辛うじて小さく写っているだけだった。昨年はかなりうまく1匹を撮影できたと思う。

わが家のフジバカマの一群れを、上空を飛びながら広大な大地の中から見つけられるのだろうか。不思議だ。何はともあれ、けなげなアサギマダラがいとおしい。アサギマダラ

の来訪は、初秋のわが家の風物詩になりつつある。（平成元年8月31日　徳島新聞／読者の手紙）

動植物の恵みで生かされる

1月20日付朝刊の連載「空からとくしま」は東みよし町の加茂の大クスを取り上げていた。樹齢は推定千年、国の特別天然記念物。何より驚いたのは、今も成長していることだ。人間は万物の霊長と自負しているが、寿命はたかだか100年なのだ。

樹木は自分の立ち位置、居場所を自力で決められず動けない。あくまでも受動的にしか存在できない。でも、雨風にさらされても大地に根を張りさえすれば、したたかに千年もの間、生き続けられるのだ。さかのぼると平安時代に植えられたとのこと。大樹は高見のてっぺんからその時代、時代の人間の生きざまを見下ろしていたのだ。大樹から見れば、人間はアリのようなちっぽけな生き物なのだろう。

動物と植物。動物は大小を問わず能動的に子孫を残すために、自分の手足を使って移動し繁殖できる。草や木、植物は自分の力では移動できないが、自分の子孫を残すために受動的に自然の摂理を利用している。

風に吹かれ気ままに飛んでいくタンポポの綿毛。あるいは小鳥や他の動物に果実を食べさせて、彼らのふんの中に種を忍ばせ至る所に種を運んでもらっている。そんな動植物の営みがあってこそ得られる大地の恵み、海の幸、山の幸。それらを享受できるからこそ私たちは平穏に生きていかれるのだと感謝の思いだ。

（令和2年1月30日　徳島新聞／読者の手紙）

今年も仲間と豆ちぎり満喫

この時季になると、友人からグリーンピースをいただいている。先日、「豆をちぎりにきて」とお誘いがあり、仲間3人と喜びいさんで駆け付けた。

例年より作付けが多く、約500平方メートルという。畑の豆の枝には実が鈴なりで、まさに豆、豆、豆という状態だった。

「こんなにようけあるなら、道の駅や市場に出せばよいのに」と友人に言うと、「これは自家用じゃけん」と返答された。

土づくりをし、種をまき、水をやり、竹で支柱を立て、草を抜き、肥をやり、半年近く手塩にかけた。お手伝いもせず、収穫だけさせてもらうのは、本当に申し訳ない気持ちだった。

参加した友達と久しぶりにおしゃべりしながら、畑で作業を続けた。

リフレッシュできたうえ、1人約8キロの豆をもらった。

さっそく夕飯は豆ごはんとなった。

（令和2年6月11日　産経新聞／オピニオン）

草花共生に自然の力感じる

先日、本紙の特集徳島的日常に掲載されていた吉野川第十堰《ぜき》の北岸に広がる菜の花畑を見に行った。この数年、毎年菜の花のシーズンにはカメラを提げて夫と愛犬2匹と共にその菜の花畑に行くのが習わしだ。暖かい晴れた日だったので、南方に眉山、気延山、遠くに大川原高原の風車が望め、菜の花畑の中に座り込んで春の息吹を満喫した。

春夏秋冬、吉野川の南岸や北岸の堤防を車で走ると、季節ごとに異なる花を見ることができる。菜の花、ノゲシ、アザミなど。他に私が知らない色とりどりの花が季節ごとに花を咲かせる。花弁のないオバナ、ネコジャラシも。

そんな草花を見て不思議に思うことがある。同じような場所に季節の異なる花が咲くことである。狭い土壌の隙間に咲く季節が違う草の種、もしくは根っこが重なって隠れているのだろう。例えば菜の花とアザミ、ノゲシの種がひしめいて狭い土壌に折り重なって埋まっている。春の花が咲く時には夏秋冬の種、根っこはひそかに隠れている。そして、それぞれ自分が咲く季節になると芽を出して花を咲かせる。

咲く季節が違うから同じ場所の土壌で共生していられる。堤防でそんな草花を見ると、自然の営みのすごさに感じ入るばかりだ。

（令和3年2月18日　徳島新聞／読者の手紙）

パトカーに同乗

本紙でフクジュソウの花の写真を見て、10年ほど前に祖谷に見に行ったことを思い出しました。

山登り仲間にフクジュソウを見たいと話したら、寒峰（標高1605メートル）に群生地があるとのこと。彼女の車で大歩危・小歩危を横目に落合集落へ。登り口に車を止めて群生地に向かいました。寒かったけど晴れた日で、あちこちに咲き乱れているかれんな花に感激しました。

でも下山の時、尾根を一つ間違えてしまいました。下りる谷を間違えると、麓では大変な距離のロスになります。地図を広げて私たちは途方に暮れました。

そんな時、パトロール中のパトカーに出合いました。私たちが声を出したのか、パトカーの中から声を掛けられたのか記憶にありません。登り口まで行くのに困っていると話すと、送ってくれることになりました。

車で20分の距離を歩くのは並大抵ではありません。初めてパトカーに同乗し、その親切に感謝するとともに、かれんなフクジュソウを見られ、喜びに満ちた思い出です。

（令和4年3月1日　徳島新聞／ちょっとええ話）

家族をおもう

義姉と弟の相次ぐ死に思う

「喪中につき年末年始の欠礼」のはがきが届く時季になった。今年9月、義姉が95歳で他界した。1カ月ほど寝たり起きたりの状態が続き、朝食後テレビを見ながら静かに息をしなくなった。かかりつけ医は「老衰です」と話した。天寿を全うした感だった。

同じ9月、私の弟が急性心筋梗塞で他界した。67歳だった。弟は兄2人、姉3人の6番目の末っ子。子どもの頃からおちゃらけで、家族のマスコット的存在だった。

今年の初めから83歳の長姉が心臓の手術や2度の脳血栓などでチューブ管、尿管につながれた病院生活を余儀なくされている。私のすぐ上の姉が大阪の枚方市に住んでいて、その姉と広島県福山市在住の弟と連絡を取り合い、一緒にきょうだいで長姉を見舞っていた。

私は弟と神戸・三宮のバスターミナルで待ち合わせ、電車で姉が入院している兵庫県宝塚市の病院に向かった。1時間余りの電車の中では毎回、弟と近況や日々の暮らしぶりを和気あいあいと話し合ったものだった。

前回、長姉を見舞った8月8日の帰りに、三宮のバスターミナルで弟と交わした握手が最後の感触となった。その弟の手は温かく力強かったのに……。

（平成29年11月20日　徳島新聞／読者の手紙）

母のような長姉 闘病に思う

昭和20年7月4日未明、徳島市街地は米軍B29爆撃機の焼夷弾《しょうい》で62％が焼失した。「徳島が空襲になったとき、小学生のうちがお前を背負うて焼夷弾の中、吉野川の堤防に逃げたんやで」。私が幼かった頃、9歳年上の長姉がよく話していた。

私は昭和19年3月生まれ。姉に背負われて逃げたのは1歳4カ月の頃なので、何の記憶もない。「食べ物がのうて、田舎へ買い出しにも行ったで。大きなリュックサックを背負うて、汽車から飛び降りたんやで」「お前だけ麦ご飯のお米のとこをすくうて食べさせたもんや」。兄姉が多かったので、私や弟は長兄や長姉にかわいがられて育った。

兄姉は父母のようだった。そんな姉が宝塚市の病院で昨年の2月ごろから闘病生活を送っている。心臓の大手術の後、脳血栓を起こし、一時は全身医療チューブにつながれて意識は混濁したままだった。

でも今は治療のかいがあり、右半身はまひ

左より
次姉・眞貝義子、
長姉・鏡良子、
私・一宮弘子
平成16年（2004）9月

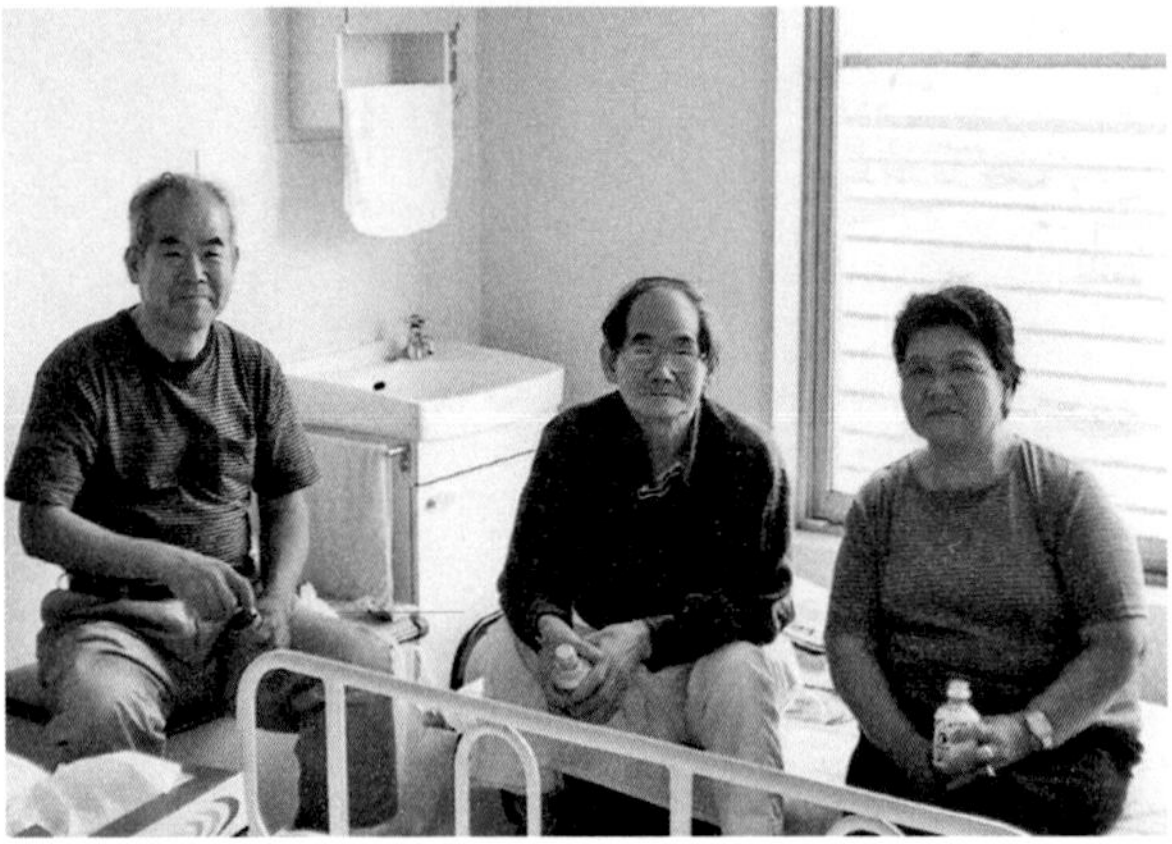

左より
次兄・小原治、
長兄・小原章男、
長姉・鏡良子
平成21年（2009）

しているが車いすに乗れるようになり、とろみの付いた食べ物を飲み込めるようになった。小さいがかすかに声も出せるようになった。もう一度姉のはじけた、大阪のおばちゃんのしゃべりを聞きたいものだ。

（平成30年7月3日　徳島新聞／読者の手紙）

夫婦互いに散髪

結婚して50年近く、夫の散髪は私がしている。結婚間もなくドイツ製の電動バリカンを月賦で買った。子どもができたら子どもの散髪をするのが夢だった。残念ながら子宝には恵まれなかったが。

夫は虎刈りになっても、ちょっとカミソリで傷を付けても許してくれるので、ずっと夫の散髪をしていた。電動バリカンが壊れた後、100円ショップで買ったはさみとくしを使っている。

数年前、私はうつ病になり、2年近い間、伸びた髪のカットに苦労した。よほど体調が整わないと美容院には行けなかった。12月のある日、夫の散髪を終えた後、ふと、私の髪を夫に切ってもらおうと思った。「わしはそんなこと、できん」と渋る夫に「何でもいいから短く切って」と。恐る恐る、はさみとくしを握る夫を励まし、なんとか完了。意外と髪型が整っていた。

わが家ではそれ以降、夫と私は互いに髪を切り合っている。少しぐらい髪型が変でも、後期高齢者に何も怖いものはない。こざっぱりと切りそろえていれば問題ない。はさみとくしを握る手がおぼつかなくなるまで、わが家の節約術は放棄しないつもりだ。

（平成30年7月18日　徳島新聞／ちょっとええ話）

お盆の思い出

8月と言えばお盆。お盆と言えば棚経。棚経と言えば丸い団子を連想する。棚経の朝はご先祖さまへのお膳つくりに忙しい。つぼわん、平わん、高皿、汁わん、飯わんに料理を盛り付け、最後に団子粉をこねて小さく丸め熱湯に入れてゆでる。それを乾燥したハスの葉に盛り付ける。仏間の準備が整うと、ご先祖さまの精霊を迎えるために、玄関先でおがらをたいて迎え火をする。

亡きしゅうとめは、料理上手で、正月のおせち、仏前の料理などたくさんのことを教わった。しゅうとめが着物を着たときは、帯の結び方が良いかどうか、などを聞かれた。私は実家の母に着物を着せてもらうとき、任せ切りだったので帯の結び方の良しあしなど、全く分からず。しゅうとめにとっては頼りにならない嫁だったことだろう。

そんな私が台所でしゅうとめと並んで料理をしていたとき、団子の丸め方が上手だと褒められたことがある。お盆の団子をこねていると、ふと、その頃のしゅうとめを思い出す。

（平成30年8月18日　徳島新聞／ちょっとええ話）

姓名ランキング

12月1日から結婚で姓が変わったドライバーの運転免許証に、旧姓が記載されるようになったというニュースが流れた。ふと日本人にはどんな姓が多いか、インターネットの検索サイトで全国の姓名ランキングを調べた。

佐藤、鈴木、高橋、田中、伊藤が上位に並んでいる。ところで、わが家の親戚には珍しい名字が並んでいる。長姉は鏡《かがみ》、次姉は眞《しん》貝《がい》、3人のめいは唄《ばい》、朝海《あさみ》、横佩《よこはぎ》という姓だ。

ちなみに、全国姓名ランキングを見ると、あるサイトでは、眞貝は4万5506位。横佩は3万2717位。朝海は1万5232位。唄は1万4984位。それぞれ相当珍しいことが分かる。

鏡は2748位、私の姓の一宮は2811位でかなり一般的になってきている。私の実家の小原は254位で、それこそどの地域にもありそうだ。少ない家族に面白い姓がそろったものだと驚いた。

（令和元年12月6日　徳島新聞／ちょっとええ話）

家族で餅をつく

昭和20～30年代、私が子どもだった頃、年末の一大行事は、家族総出の餅つきだった。前日にそろえられた大きな石の臼と木のきねと何段もの蒸し籠、外にしつらえた大きなかまどがそれを予告する。

早朝に蒸し上がったもち米を父が蒸し籠から石臼に移し、きねで兄2人が1、2とリズムを取って餅をつくと父がさっと手を入れて餅を裏返したり水を差したりして餅がつき上がっていく。３人のあうんの呼吸が見事だった。

つき上がった餅を餅とり粉がいっぱい入った大きなもろぶたに移す。母が餅を吹き小さくちぎる。それをすぐ上の姉と弟と３人で丸めて座敷に広げたござに並べて冷ます。豆入り、あん入り、鏡餅、あられ餅など。私たち３人は母の目を盗んでつきたての餅を隠れて頬ばったものだ。

今は父も母もいない。次兄は７年前、弟は一昨年の秋に心筋梗塞で唐突に逝ってしまった。子どもの頃の年末の、家族総出の餅つきはセピア色の人生の１コマになってしまった。（令和元年12月28日　徳島新聞／ちょっとええ話）

姉夫婦と別れ来世楽しんで

半世紀以上も前の昭和20年代、私は長姉から送られクリスマスプレゼントを楽しみにしていた。「長靴をはいた猫」などの本、毛糸の手袋、学用品などだ。姉は中学を卒業してすぐに、父方の叔母の家が商いをしていたので家事手伝いとして叔母夫婦と兵庫県尼崎市で暮らすようになった。

長兄、長姉、次兄そして次姉、私、弟の６人きょうだいだった。貧しかったが父母は優しく上の３人は下の３人をかわいがってくれた。今思えば長姉も小遣いがあり余っていたわけではなかっただろうに。

昭和20年７月４日の徳島大空襲の折、長姉は1歳4カ月の私を背負い、焼夷弾《しょうい》が降り注ぐ中、吉野川の堤防を逃げたと口癖のように言っていた。私と9歳違いだから中学生になっていなかったはずだ。そんな姉が今年の10月に永眠した。徳島生まれだが長年、尼崎で暮らしたので〝大阪のおばちゃん〟になっていた。

しかし、姉の家に飾ってある家族写真を見ると、年齢を重ねるごとに品性が備わってきている。ひつぎの中の姉は若い頃より痩せて鼻筋が高くなり美人になっていた。姉との遠い日の記憶を手繰りながら12月14日、姉の四十九日法要を終えた。義兄は今年の1月に逝っている。今ごろは仲良く来世を楽しんでいるのだろう。令和元年は、姉夫婦との別れの年になった。

（令和元年12月31日　徳島新聞／読者の手紙）

形見のセーター

すぐ上の姉とは2歳違いで、学年では1年と3年。中学高校は同じ学校だったので姉のお古の教科書を使っていた。その頃、先生もきょうだいが古い教科書を使うのを認めていて、授業の前に改定された箇所の修正を説明してくれていた。衣類も姉のお古を着るのは当たり前と思い、ためらいはなかった。

今、私はクロコダイルマークのセーターを愛用している。2年前に5歳違いの弟が、突然、心筋梗塞で亡くなった。義妹から、夫に着てもらいたいと贈られた形見のセーターやジャンパーの中にあった。色、柄が気に入り試着したら私にぴったりだったセーターだ。

弟は50年ほど前、南米パラグアイへ3年間、職場から派遣され家族4人で赴任していた。スペイン語が堪能で、退職後は毎日、図書館に通ってスペイン語に磨きをかけ、2020年の東京五輪でスペイン語のボランティアガイドをすると言っていた。本を読んでいると、脳が活性化し思考がどんどん広がるとも言っていた。それを思い出しながら弟のセーターを着て脳の活性化と思考の拡大を目指したい。

（令和3年1月28日　徳島新聞／ちょっとええ話）

原爆の煙を見た父

昭和20年7月4日、徳島大空襲があり、B29から投下された焼夷弾《しょういだん》で徳島市内は火の海になった。当時、田宮で暮らしていた私、兄2人、姉2人、母、祖母は焼夷弾が降り注ぐ中、吉野川の堤防に向かって逃げ惑った。9歳上の長姉によくそう聞かされた。私は長姉に背負われていたというが、昭和19年3月生まれの私には何の記憶もない。ただ、幼少の頃は夜汽車のごう音や夜空が意味もなく怖かった。

その頃、父は徴兵されて海軍に配属されていた。父から軍隊の話を聞いたことはないが、水兵姿の父がいる大判の集合写真を見たことがある。昭和20年8月9日、長崎に原爆が投下された日、長崎の諫早で、父は原爆投下後の巨大な煙を見たと母から聞かされたことがある。父が帰ってから生まれた弟は虚弱体質で、3歳のときに町医者の診察中にジュースをゴクリと一口飲んで息を引き取った。12月31日の夜だった。今さらながら、父が諫早で煙を見たことと、何らかの関係があるのではないかと思うのだが。

（令和3年8月12日　徳島新聞／記憶のかけらを集めて）

父・小原繁年と母・栄　昭和42年（1967）　高知市へ

子どものころ

映画をはしご 昭和のお正月

私たちが子どもの頃を過ごした昭和のテレビが普及していない時、お正月といえば映画を見るのが楽しみとなっていた。実家は田宮なので一番近い街は佐古の五丁目だった。今の佐古三番町だ。その当時、パチンコ店、風呂屋、本屋、肉店、もちろん野菜・果物店があり、にぎわっていた。そして南国劇場という映画館があった。トイレが臭う映画館だったが、とりわけ正月は満員で立ち見客が出るほどだった。

その頃は鞍馬天狗、笛吹童子、丹下左膳など時代劇の作品が多かった。そして連続物でいつも予告編があって、次回への好奇心をそそられたものだ。その頃の映画は1回の興行で3本見ることができた。

それなのにお正月には、映画館をはしごして入り浸っていた。蔵本町には平和劇場があり、東新町には映画館が4、5軒並んでいた。昔の東新町、西新町、紺屋町、船場、大工町のにぎわいは今の新町の寂れからは想像できないほどである。「ちょっと丸新へ」は一種の社会的身分を象徴するような言葉となっていた。

テレビやパソコンが普及して映画館への足は遠のいたが、やはり映画館で見る大きな画面の映像は迫力が違う。ただ3本立ての映画を観賞し続ける体力はないこの頃だ。

（平成31年1月6日　徳島新聞／２０１９亥年に寄せて）

遊山箱 城山と重なる思い出

2月22日付の本紙で「連載　遊山箱を食卓に　ひな祭り」を読んで、子どもの頃の遊山箱の思い出が走馬灯のように駆け巡った。小学生の頃、ひな祭りになると遊山箱にすし、煮しめ、ようかんなどを詰めて近所の幼なじみと共に徳島中央公園の城山まで歩いて行った。

半世紀以上も前で、バスはまだ普及していなかった。今の田宮運動公園の横、田宮川に沿って南田宮―天神橋―三ツ合橋を通り城山まで約3キロの道を歩いた。今の徳島市立体育館の辺りは、高い赤れんがに囲まれた徳島刑務所があった。その横を通り抜け、原生林に覆われた登山道の西から登り頂上の護国神社へ登った。そこで徳島市内を展望しながら遊山箱を広げたものだった。

その後、東側に下りるとブランコや滑り台が設置されている公園で遊んだ。そこには動物園があり、猿やクジャクが飼われていた。

羽を誇らしげに全開しゆったりと歩くクジャクは見事だった。

帰りは南側の小便小僧の噴水や池のコイを見つつ西に向かった。すると、うっそうと茂った木立の中に県立図書館が見えたものだ。子どもの頃の遊山箱は昭和の城山の風景と共に重なり合う思い出だ。

（令和3年3月11日　徳島新聞／読者の手紙）

知恵を使って遊んだ幼少期

私が小学生だった昭和30年代、学校から帰ると「子どもは風の子」と言って戸外に放り出されたものだ。年長の者は幼い弟や妹を連れてくるので年齢はまちまちの子が集まって遊んだ。幼い子も仲間外れにせず、ルールを緩くする「あぶらごと」として遊びの輪に入れ、一緒に楽しんだ。

その頃は今のように遊び道具が豊かでなかった。ゴムひも跳び、縄跳び、缶蹴り、あや取りなど身近にある物を使って遊んだ。何も無ければかくれんぼや鬼ごっこのほか、じゃんけんをして階段を上り下りする遊びをした。

自転車も子ども用などは買ってもらえない。大人の重たい自転車の前輪と後輪の間のフレームに足を斜めに突っ込んでペダルをこぐ、横乗りと称した変則的乗り方だ。乗れるようになるには、全身擦り切りだらけになったものだ。切り傷ができると、仲間が草むらのヨモギの葉っぱを採ってきてもんでその汁を患部に塗りつけて止血したものだ。

遊ぶ場所は学校の校庭や神社の境内で夕暮れ時まで走り回っていた。たいした道具が無くても、自分たちで知恵を絞って遊びを工夫したものだ。今考えてみると私の幼少期、青春、壮年期は昭和の真っただ中、まさに昭和の人間だ。今思えば「昭和は遠くなりにけり」といった感だ。


（令和3年4月29日　徳島新聞／読者の手紙　昭和の日）

こんにゃく橋と夏の思い出

海の日の7月22日付本欄に掲載された「優しい父と海水浴の思い出」を懐かしく読みましたが、少し不思議に思いました。海の日や山の日は国民の祝日ですが、「川の日」は祝日ではありません。平成8年度に国土交通省が7月7日を「川の日」に制定しましたが、平日です。

川といえば、徳島市春日2と同市春日町宝野を結ぶ浜高房橋（通称・こんにゃく橋）が鮎喰川に架かっていました。大正8年ごろに渡し舟の代わりに、地元有志が松くい2本に横木を付け、板を互い違いに渡して造ったのが始まりです。当初は幅約60センチ、長さ約100メートルでした。渡ると板がたわんで全体がうねったので親しみを込め、こんにゃく橋と呼んでいました。

子どもの頃、私はこんにゃく橋を北に渡っ

た先の吉野川で川遊びをしました。膝くらいまで水に漬かり、川底の砂を指でかいて待ちます。水が流れて澄むと、大粒のシジミが数珠状に並んで採れました。岸の砂地の小さな穴を探して掘るとウスガイが採れ、岩場ではアオノリも採れました。

海水浴場は遠かったので、海の思い出はあまりありません。こんにゃく橋を渡って川遊びをしたのが、子どもの頃にあった私の夏の楽しい思い出です。


（令和3年8月3日　徳島新聞／読者の手紙）

懐かしい車掌さんの笛の音

5日付本欄「バスに乗りワクワクした頃」を読んで、路線バスが華やかだった頃が目に浮かびました。

昭和30〜40年は、まだマイカーが少ない時代でした。そのためバス路線が県内を網羅していました。庶民は路線バスを主な交通手段にしていました。国鉄の汽車から降り路線バスに乗り継ぐと、県内の隅々まで行くことができました。

当時の路線バスには、女性の車掌さんが乗っていることが多かったです。ドアの開け閉め、乗車券の販売、警報器のない踏切でのバスの誘導など、業務は多岐にわたっていました。道路は狭いところが多かったです。狭い道で対向車とすれ違ったり角を曲がったりするときは、車掌さんは外に降りて笛を吹き、両手を上げて「オーライ、オーライ」とバスを誘導していました。車掌さんは本当に大忙しでした。

運転手さんの技術も巧みでした。住宅の屋根や軒先ぎりぎりにバスを走らせていました。昭和40年代後半になると道路も拡張され、ワンマンカーの導入が進み車掌さんの姿はなくなっていきました。

車掌さんが吹く笛の「ピーピー」という音と「オーライ」の声は、戦後の活気に満ちあふれた古き良き昭和を代表する音のように感じます。（令和3年12月12日　徳島新聞／読者の手紙）

コラム読み昔の婚礼を回想

18日付本紙「藍がめ」欄の「次代に残したい花嫁菓子」を懐かしく読んだ。私が子どもの頃、花嫁さんは嫁ぐ日の朝、花嫁衣装を着て氏神さんへお参りし、近所へのあいさつ回りをした。その折にお嫁さんの菓子は見物人に配られた。昭和の時代、花嫁道具といえば、洋服だんす、整理だんす、げた箱、鏡台などだった。たんすの中には着物、帯、和服用の色とりどりのひもなどがぎっしりと入っていた。

その頃の徳島県の木工業は華々しかった。大工町や福島は花嫁道具や鏡台、仏壇の製造販売で活気に満ちあふれていた。春の節句に子どもたちが野山に遊びに行く時に、すし、お煮しめ、ようかんなどを入れて持ち歩いた遊山箱は、木工業の盛んな徳島ならではの物なのかもしれない。

昭和の頃の冠婚葬祭は、一般的に各家庭で執り行われていた。私と一回り以上年の離れた兄の婚礼は、自宅の2階だった。床の間の前で花嫁姿の兄嫁とモーニング姿で居住まいを正していた兄の写真があった。私の3歳上の姉の婚礼も旧家の新郎の家だった。三三九度の後のお色直しの時、長時間の正座と緊張のため、しびれを切らした花嫁の姉が立ち上がれず周りの付き添いの人に抱えられた。そのときの別室に引き揚げる姿が何ともおかしくて、弟と一緒に笑いを耐えた思い出がある。

（令和4年1月28日　徳島新聞／読者の手紙）

新聞写真見て昔の風景回想

9月14日付本紙「一枚の写真ものがたり」で、昭和32年に県内で戦後初の民間航空路・徳島—堺（大阪）線が開設された写真を懐かしく目にした。定員6人の水上飛行機だ。近隣の人がその飛行機に搭乗し自慢していたのを覚えている。その頃、飛行機に乗ることは、庶民にはとてつもないことだった。

確かその頃、吉野川橋は、全国で3番目に長い橋だと学校で習った気がする。今、吉野川の河川敷にあるゴルフ場は、私が子どもの頃、草競馬場だった。すぐ近くに、一反ほどの畑をわが家は持っていた。アワ、キビ、サトイモ、多分お米も栽培していた。主に父が育て、母は収穫の忙しいときに手伝っていた。吉野川ではアオノリ、岩場ではエビが取れ、対岸では大きなシジミも面白いほど採れた。

実家は田宮だったが、父について畑に行くのは楽しかった。スイカを川で冷やして食べたり、吉野川橋のたもとで小さな屋台で焼いているたい焼きを買ってもらったり、そんなことが楽しみだった。土手には、牛やヤギがつながれて草をはんでいた。今のように車は走っていなかった。

畑に行くには、大八車かリヤカーを押したり、引いたりしていた。ちなみに、田宮街道では夕暮れ時になると、馬車が家路に向かっていた。この紙面からそんな昔の風景が走馬灯のように駆け巡った。

（令和4年10月14日　徳島新聞／読者の手紙）

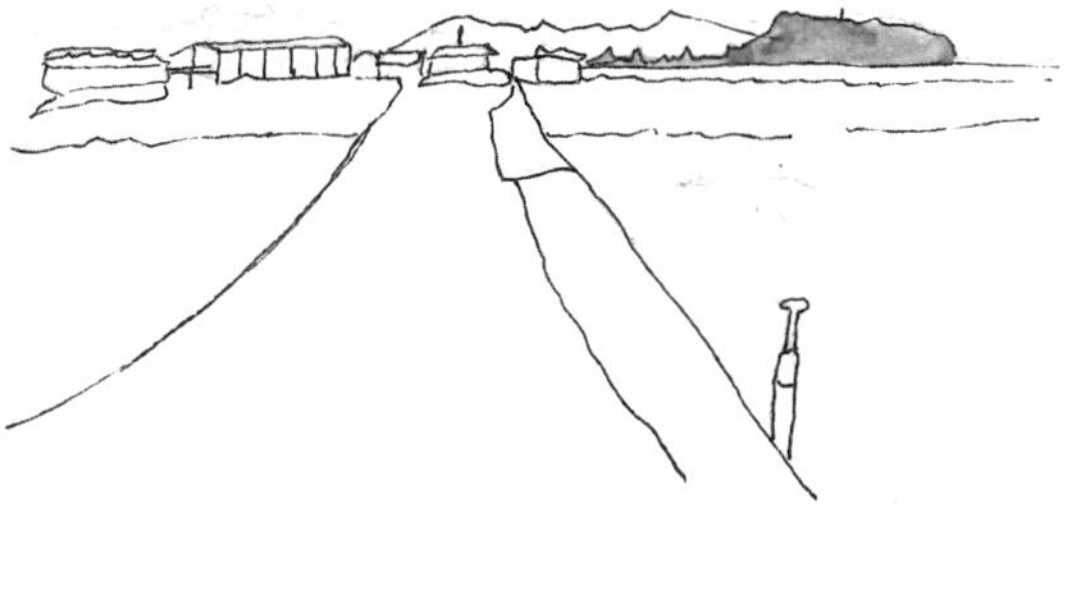

世界のなかで

バングラ記事で20年前思う

先日、徳島新聞ピープル欄の「バングラを知って」を目にして20年ほど前の旅を思い出した。当時、めいが青年海外協力隊でバングラデシュで暮らしていて、姉の家族が慰問に行くのに同行した。首都ダッカで壮年協力隊の方の家に泊めてもらった。そこは青年協力隊員たちを束ねる所でもあり家は大きく広かった。

めいは保健婦として赴任し、まず第一にした仕事はトイレを造ったとのことだった。協力隊員が暮らす施設から見える水路や川に架かっている橋は、太いモウソウダケ2本と手すりのような竹があるだけ。それでも人々はバランスよく軽やかに竹製の簡易な橋を渡っていった。

また近くには大きな池があり、小学生ぐらいの女の子が大きな水がめを頭に乗せ水をくんで帰っていく。めいいわく、夏の暑いときにはそこで水浴びをしているという。私らが訪れたころは乾期で、雨期になると周りは全部水没するとか。雨期の暮らしは私には想像すらできなかった。

世界一貧しい国といわれていたが、人々の顔は明るかった。離れた所からカメラを向けると、みんなが大きく手を振って笑顔を向けてくれた。他にも驚かされることは数多くあった。

本県の企業がバングラデシュの豊かさへの貢献をしていることを誇らしく思った。と同時に、70年余り、平和な日本に生まれ育った幸せを改めて感謝した朝だった。

（平成29年12月11日　徳島新聞／読者の手紙）

日本の伝統文化

しめ縄飾りを7日に外した。わが家では、玄関、神棚、仏壇、荒神さん、台所の出入り口、車、オートバイなどにしめ縄飾りを付けている。他のご家庭でも皆、そうしていると思っていた。

3日にスーパーに買い物に行った。止まっている車を何気なく見たら、しめ縄飾りをしている車がない。隣にあるパチンコ店の駐車場ものぞいた。近くにあるショッピングモールの駐車場に止まっている多くの車も含めてしめ縄飾りをしている車が見当たらない。驚いた。

翌日、友人と会ったのでそのことを少し話

した。70歳近い彼女は「このごろは玄関のしめ縄飾りをしない家はたくさんある」と言う。続けて「うちも2、3年喪中が続いたので、今年からしめ縄飾りはやめることにした」。

しめ縄飾りをして除夜の鐘を聞き、初詣をしておせち料理を食べる。これらは日本の大切な伝統文化だと思う。ひな祭りや5月の節句、七夕、夏祭り、秋祭り、七五三などの伝統行事はバレンタインデーやハロウィーン、クリスマスよりも大切なのではないかとも思う。後期高齢者のたわ言だろうか。

（平成31年1月31日　徳島新聞／ちょっとええ話）

平和維持へ有事の備え大切

5月3日付本欄の憲法記念日特集で「平和は米国に守られたから」を読んで、もっともだと思いました。日本が運良く70年間、戦争に巻き込まれなかったのは紛れもなく米国の保護があったからです。戦争に負け疲弊しきった国民と国土を立て直すため、当時の政治家が断腸の思いで受け入れたのが今の憲法です。

昔、ある女性党首が声を限りに「憲法9条を守るべきだ」と言い放っていましたが、私は不思議な気がしました。9条に守られたのではなく、米国の核の傘で守られたのが現実です。押し付けられた憲法を後生大事にする党首の心理が理解できませんでした。それも革新系の党首の言葉が。そして、いろいろな面で自衛隊に守られているのに自衛隊反対を掲げることも。

ところで、永世中立国のスイスは国防が完璧に近い形です。住宅、学校、病院などの地下に100％核シェルターが完備されています。徴兵制度があり、兵の教育訓練をしています。期間中の日当と費用は企業が80％負担しているとか。スイスは戦争をしない国ではなく、有事の備えが万全な武装中立国なのです。

日本の政治家は勉強すべきです。平和、平和と唱えていればどこからもけんかを仕掛けられないという錯覚は捨てるべきです。もちろん、戦争は嫌です。平和ほど幸せな世の中はありません。祈りは必要ですが、備えも大切に。

(令和元年5月11日　徳島新聞／読者の手紙)

独自の暦 元号に親しみ湧く

日本の元号が5月1日から令和に替わり2カ月がたちました。元号とは日本の年代に付けられる称号で、日本独自の暦です。西暦はイエス・キリストが生まれた年を西暦元年、紀元としているのです。

ちなみに地球には約200の国がありますが、元号を持つ国は世界中でも日本だけだそうです。日本人が自分史をたどる時、西暦より元号が出てきます。生まれたのは昭和何年、昭和何年に学校卒業、就職、結婚。退職したのは平成何年などなど。

そして、明治といえば文明開化、大正といえば大正ロマン。昭和といえば第2次世界大戦と戦後の大復興、そして平成は日本経済が不況になり、地下鉄サリン事件、阪神大震災など多くの自然災害に見舞われました。人工知能、スマートフォン、インターネットの時代になり、世界中の出来事が瞬時に拡散されるようになりました。

人間の好奇心、上昇志向のたまものなので しょう。新元号の令和がどんな時代になるのかは未知数です。全て神様の意のままなのかもしれませんが地球の安泰、安穏を祈るばかりです。(平成元年7月7日　徳島新聞/読者の手紙)

趣味で詩歌詠む誇れる国民

五木寛之さんの連載「新・地図のない旅」を毎回楽しく読んでいます。先日「川柳と日本の心」を目にして、私が所属している俳誌を思い浮かべました。

「麦」という俳誌で、創刊は昭和21年9月です。20年8月15日の太平洋戦争の終結からわずか1年後のことでした。その頃の一般庶民にとって、今日食べる物のことを考えるのが全てに優先していたと思います。それなのに、経済的メリットもなく何の腹の足しにもならない俳誌を立ち上げるとは、今から思えば考えられません。創刊の復刻版を見ると、誌友の有志のガリ版刷りでした。ちなみに平成28年9月、創刊70周年を迎えました。

日本では俳句、川柳、短歌、連句などが伝統的に庶民の趣味の一つとしてあります。特別な人でなくどこにでもいるおじさん、おばさんが実作家で、実評論家です。世界でも、詩人と名の付かない一般庶民が詩歌を詠む国はどこにもないはずです。それと同時に、平仮名、片仮名、漢字、ローマ字などの煩雑な読み書きを瞬時に操れる国民もどこにもいないと思うのです。そんな私たちは誇らしい国民だと思いませんか。

（平成元年8月8日　徳島新聞／読書の手紙）

徳島の魅力認識 元気出そう

徳島県で誇れるものといえばまずは藍です。明治の初めに来日したイギリスの科学者アトキンソンは、藍染の衣類を多くの日本人が着ているのを見て感嘆して藍の色を「ジャパンブルー」と命名しました。徳島は昔から藍の栽培地として有名です。今も徳島の藍の生産量は日本国内で50%を超えております。アトピーや肌に優しい藍染の下着、藍の墨、クッキーや麺類に入れて食べられる藍なども作られています。２０２０年の東京オリンピックの象徴は、藍染を使った市松模様です。

２番目は阿波踊りです。阿波踊りは約４００年の歴史があるといわれています。

8月の踊り期間の4日間に、徳島市内には100万人以上の観光客が来県します。またニューヨーク、パリ、香港、台湾、3年前リオデジャネイロオリンピックなど世界各地で阿波踊りは踊られてきました。

3番目は鳴門の渦潮です。瀬戸内海と紀伊水道の潮の干満差による潮流で発生する渦潮です。大潮には直径20メートルに達する渦ができ、世界一の大きさといわれています。

そして上勝町の葉っぱビジネス、神山町にはIT企業のサテライトオフィスが集まっています。世界選手権のコースにもなった吉野川の激流を下るラフティングや県南のサーフィンなど豊かな自然を生かしたスポーツも盛んです。そごう徳島店の撤退で百貨店のない県になるとの暗いニュースがありました。が、既存のものを見直し、知恵を絞れば、個性的な小さな地方都市になり得るのでは。徳島県人元気を出しましょう。

（平成元年10月20日　徳島新聞／読者の手紙）

お金の価値の地域差に驚く

近い将来、キャッシュレスの時代になるらしい。でも私は、財布のお金をのぞいて現金で払う生活が好きだ。大都会の時給は同じ1時間働いても地方の町より倍近く高いと思われる。同じように世界を見渡すと、発展途上国の賃金は低いので、世界中の企業がどんどん賃金の低い国へ工場を移転して、地球上が工業化している。

それと同時に同じ５００円でも国によって価値が異なる。20年ほど前、ネパールの標高８千メートルのアンナプルナを見にいくトレッキングの旅に参加した。参加者６人の私たちに10人ほどのポーターと山岳ガイド２人が付いた。私たちは貴重品と身の回りの物だけの小さな荷物で歩く。後はポーターが寝袋、エアーマット、テント、食事の調理器具、食料などを担いで２千～３千メートルの

ネパールトレッキング　平成5年（1993）

山道を歩いた。

ポーター1人の荷物は50キロ以上はあると思われた。ガイドに尋ねると、ポーターたちの日当は1日500円ぐらい。500円×365日で約18万円。参加者ツアー代30万円余りは、ポーターの約2年間の稼ぎに相当する。日本とネパールとではこんなにもお金の値打ちの差があるとは。驚くと同時に後ろめたい気がした。私たちは紛れもなく日本の一庶民なのだから。

（令和2年2月20日　徳島新聞／読者の手紙）

親日実感 台湾旅行の思い出

7月30日に台湾の李登輝元総統が97歳で亡くなられた。日本をこよなく愛し、私は22歳まで日本人だったと世界に公言していた親日家だ。中学の教科書に日本統治の功績を認める記述を大幅に取り入れ、中国や韓国のような反日教育をしなかった。

20年ほど前に女友達7人で5日間、台湾に旅行した。航空券とホテルだけを取り、後は自分たちで台北市内を好きなように満喫した。ある朝、早くに目が覚めたので私は1人でホテルの近くのコンビニに行った。コンビニの前で、お年寄りが日本語で話し掛けてきた。

「日本人か」「そうです」、「日本のどこから」「四国の徳島からです」、「ああ、蜂須賀さん」。私はびっくりした。江戸時代の徳島藩主の名前がすらっと出てきたのだ。異国の地で、小さな地方都市徳島の名が出てくるとは。

今思えば、そのお年寄りは亡くなられた元総統と同じ世代だったのかもしれない。わが国と台湾がかつて地震、災害の折にお互いに良き隣国として支え合ってきた絆を今後も保ち続けてほしいと思う。

（令和2年8月14日　徳島新聞／読者の手紙）

英国旅行の観劇 恐怖味わう

堀ちえみさんの「オペラ座の怪人」観劇記を目にして、20年ほど前に友人3人とイギリスへ旅したのを思い出した。航空券とホテルだけ用意し、あとは自分たちで観光する旅だった。

ある日、ロンドンの劇場へ行ってミュージカル「オペラ座の怪人」昼間興行の切符を手に入れた。それも舞台の真ん中、オーケストラのコックピットがのぞける最前列の席だった。隣席の人に尋ねると、席の予約は2カ月前だったとか。なぜ当日、劇場の窓口でこんな良い席が取れたのだろう。私たちは幸運だったと喜び合った。

オペラ座の地下深くにすむファントムと歌姫クリスティーヌの悲恋の物語。もちろん英語なので詳細は分からないが、大筋は理解しているので幻想的な舞台装置、歌、音楽に酔いしれていた。が、ある場面で突然、私たちの頭上から大音響とともに大きな物体が落ちて来た。これは何事かと、オーケストラのコックピットの縁にしがみつき、私たちは恐怖に震えた。

劇中劇で巨大なシャンデリアが落下するシーンだったのだ。そういう劇中劇を熟知している観客は、アクシデントに見舞われると、私たちが座っていたのは危険な席と知っていたのだ。「オペラ座の怪人」で巨大なシャンデリアの落下シーンは、イギリス旅行の忘れられない思い出だ。

（令和2年10月1日　徳島新聞／読者の手紙）

国家間の信義どう考えるか

1日付本紙で「香港返還きょう25年」の記事を目にして、香港を懐かしく思い出しました。1995年から2001年の約6年間、私は香港で暮らしていました。夫が中国の経済特区の深圳市の工場に勤務していたのです。

その頃、中国本土の治安は悪く、深圳市にある日系企業の職員の家族の住まいは、一般的に治安の良い香港でした。家族は香港で住み、夫は土曜日の夕方に香港に帰り、月曜の朝、深圳市へ向かっていました。工場内に日本人スタッフの寮があり、ウイークデーはそこで生活していました。

香港の広さは東京都の半分くらい。人口密度は東京より高く、世界有数の人口過密都市でした。徳島で生まれ育って51年。超高層ビル街、世界中のブランド商品が並ぶ数々の有名店、観光とフリーポートの街香港での生活は第2の青春のようでした。

香港が中国に返還された1997年7月1日、英国と中国が約束をしたのが一国二制度で「今後50年間、香港は今まで通りの資本主義社会の自治を認め香港政庁の機能も全てそのまま」と。しかし、徐々に中国政府の介入があり、2020年6月30日に香港特別行政区国家安全維持法が施行され、高度な自治はできくなりました。国と国の約束の信義とは。考えさせられます。

（令和4年7月31日　徳島新聞／読者の手紙）

あとがき

今、七十九歳と八か月、来年には八十歳になります。それで、そろそろ身の回りを整理しようと断捨離をし始めました。要る物、要らないものとより分けていきました。床いっぱい。整理していると思いがけない物が出てきます。青春時代に友人と遣り取りした手紙、夫の小学一年の夏休みの絵日記、通信簿、書棚に積まれた本の数々、使わない台所の食器、断捨離はなかなか進みません。

先日、チェロ奏者の堤剛さんが「八十歳は新たな出発点だと思います」と述べたニュースが流れていました。それを目にしてふと私も、八十歳になる前に、今まで書き溜めた拙文や新聞投稿をまとめ本にしてみたいと思いました。八十歳になる前に、一度自分の人生に区切りをつけてみようと——。

八十近くになると、気力も、体力も衰えてきます。現に、入れ歯になり、脊椎管狭窄症で五分位歩くと座りたくなります。料理もお惣菜や弁当や冷凍食品を買う事が度々あります。物忘れ、探し物で日が暮れる日が多々あります。

逆に、高齢者の「知恵のある頑張り」をモットーにする老後を八十歳から目指そう。何時、唐突に、思いがけない病気、ケガ、になるかも知れませんが。そんな思いをこめての本作りです。

二〇二三年十月吉日

一宮弘子

●著者プロフィール

一宮弘子（いちのみや　ひろこ）

1944年、徳島市生まれ。俳号・尾原葛。

30歳過ぎから俳句を作りはじめる。現代俳句協会会員。俳誌「麦」同人。

1986年「麦」新人賞。

著書に『二人で78さいと14かげつ』(1983)、宗武《そうたけ》子《こ》『鮎が飛んだ』(1995)、句集『デッサン』(1989)、句集『てくてくてく』(2004)、共著に『阿波』(2015)。


〈イラスト〉

松尾秀美　1945年生まれ。徳島県上板町。

断捨離余滴

令和５年11月20日　初版発行

著　者　一宮弘子

発　行　リトルズ
〒606-8233　京都市左京区田中北春菜町26-21　小さ子社内
電話：075-708-6249　FAX：075-708-6839
メール：info@littles.jp　ホームページ：https://www.littles.jp/

発　売　小さ子社

印刷・製本　株式会社イシダ印刷

ISBN978-4-909782-73-1